家风润三秦

陕西省妇女联合会 编

陕西新华出版传媒集团
三秦出版社

图书在版编目（CIP）数据

好家风润三秦 / 陕西省妇女联合会编 . — 西安：三秦出版社，2018.3（2024.5 重印）
ISBN 978-7-5518-1789-9

Ⅰ . ①好… Ⅱ . ①陕… Ⅲ . ①故事—作品集—中国—当代 Ⅳ . ① I247.81

中国版本图书馆 CIP 数据核字 (2018) 第 039939 号

好家风润三秦

陕西省妇女联合会 编

出版发行	陕西新华出版传媒集团 三秦出版社
社　　址	西安市北大街147号
电　　话	（029）87205121
邮政编码	710003
印　　刷	三河市嵩川印刷有限公司
开　　本	787mm×1092mm　1/16
印　　张	13.5
字　　数	160千字
版　　次	2018年3月第 1 版 2024年5月第 2 次印刷
标准书号	ISBN 978-7-5518-1789-9
定　　价	48.00元
网　　址	http://www.sqcbs.cn

《好家风润三秦》编委会

主　　　任　龚晓燕
副 主 任　单　红
主　　　编　孙万春
执行主编　党柏峰　赵　勇
责任编辑　郭珍珍
编　　　辑　褚海霏　安　婧

2016年12月12日，习近平总书记接见第一届全国文明家庭代表

　　无论时代如何变化，无论经济社会如何发展，对一个社会来说，家庭的生活依托都不可替代，家庭的社会功能都不可替代，家庭的文明作用都不可替代。无论过去、现在还是将来，绝大多数人都生活在家庭之中。我们要重视家庭文明建设，努力使千千万万个家庭成为国家发展、民族进步、社会和谐的重要基点，成为人们梦想启航的地方。

——习近平

◀延安市国税家风馆

◀淳化县家风馆

◀白河县家风馆

◀ 华赋教育集团家风馆

◀ 曹凯家庭家风馆

韩城市家风馆 ▶

汉阴县沈氏家训展览馆 ▶

◀ 西安市高陵区家风家训馆

宝鸡市家风馆 ▶

◀ 西安市鄠邑区家风馆

目 录

卷首语1
001　润心　润家　润民族　　肖云儒

卷首语2
003　好家风润三秦　　商子雍

序
005　传承家庭美德　弘扬良好家风
　　　　　　　陕西省妇联党组书记、主席　龚晓燕

三秦家风
003　"雷锋家庭"的家风
　　　　　　　——呼秀珍家庭
006　留守儿童的书香之家
　　　　　　　——范秀莲家庭
009　两个老农民培养了一窝艺术家
　　　　　　　——曹建成家庭
012　革命老人的幸福秘诀
　　　　　　　——曹凯家庭
015　"家庭奖学金"制度17年
　　　　　　　——贺俊花家庭

017　一个延伸大爱的文明家庭
　　　　——卢效平家庭
020　十年"孝亲路"
　　　　——全月秋家庭
024　一家两代三个"红旗手"
　　　　——王玉秀家庭
027　书香耕读　崇德向善
　　　　——王彩侠家庭
029　一诺千金数十年
　　　　——许生家庭
033　快乐向上一家亲
　　　　——刘逢生家庭
036　依山依岳　红梅绽放
　　　　——李红梅家庭
038　施教泽桑梓
　　　　——辛向东家庭
040　不幸中的幸福
　　　　——张小侠家庭
043　做教育的老祖母
　　　　——查振坤家庭
046　家训良言　世代受益
　　　　——党庚德家庭
049　为弃儿建造温暖家园
　　　　——康淑英家庭
052　妈妈是一株顽强的"沙漠玫瑰"
　　　　——陈若星家庭
056　忠孝传家做表率
　　　　——周浩家庭
060　不是亲生胜亲生
　　　　——李明选家庭
062　朴实人带出好家庭
　　　　——李芝侠家庭

| 目录 |

065　塞上古城的百口之家
　　　　——白锦仁家庭
069　家风古训是传家宝
　　　　——党鉴泉家庭
072　"双警"家庭用爱坚守幸福生活
　　　　——和艳宁家庭
075　寻找线上邻居　发现身边温暖
　　　　——郭佳子家庭
079　亲子阅读　乐享生活
　　　　——蔡云家庭
081　后爸后妈的幸福生活
　　　　——党建生家庭
083　农家一门三清华
　　　　——张宽信家庭
086　"这辈子我都会守着你"
　　　　——王中存家庭
088　相依一生　相伴一世
　　　　——李武军家庭
091　"家和万事兴"是最美的旋律
　　　　——李学彦家庭
095　知书达礼　修身齐志
　　　　——薛引生家庭
097　"小家"和"大家"
　　　　——汪勇家庭
100　家和万事兴
　　　　——蔺树春家庭
102　"可以分家，但绝不能分心"
　　　　——郭广孝家庭
106　快乐的公益之家
　　　　——成媛媛家庭

003

媒体聚焦

111　一个普通家庭的雷锋精神传承史
　　　　　——记呼秀珍和她的"雷锋家庭"
124　评论一：弘扬雷锋精神的家庭式标杆
127　评论二：幸福在雷锋精神里
130　家风是一家之魂
133　范秀莲家庭：退休夫妇自编家庭刊物
135　传承延安精神不会有终点
　　　　　——记曹凯和他的"最美家庭"
140　时代需要这样的家风传承
142　家庭奖学金激励孩子乐学明理崇德
145　全月秋家庭：小家大爱的"最美"情怀
148　西安市碑林区李麦玲家庭：世谱载家训　美德承家风
150　陕西李麦玲家庭：百年《毛氏世谱》传承清正家风
152　张水莉：互敬互爱才能扬起家庭幸福的风帆
155　刘先蕊：23年坚守承诺伴夕阳
157　王毅：不求财富有多少　只愿一屋笑声扬
160　寄情折翼天使　无悔特教人生
　　　　　——记陕西渭南市曙光特殊教育学校校长　张小侠
166　大爱，让藏区困境儿童心中飘起一面国旗

附录

173　儿子眼中的父亲
　　　　　——回忆父亲陈忠实
176　家
181　三八咏母
190　家庭礼仪

193　后记

卷首语 1

润心 润家 润民族

肖云儒

《好家风润三秦》真是一本好书，书里收集的全是三秦大地上家教、家德、家风的亮点！读这本书的时候，我心里浮现出中国宇航员在卫星上拍摄的地球全景照——湛蓝的夜空中，亿万个闪光的亮点联结成一条条光线、一团团光区，隐约勾勒出五大洲的轮廓，勾勒出中华大地的形象。我曾在这宇宙传来的照片上仔细地寻找过我们生活的这块黄土地，寻找着黄土地上我们的三秦家园。这本书中记述的好家风的许多人物和故事，不正是大地上千千万万个亮点吗？它们分散在原野、沟壑、山区和大大小小的城镇、里坊，和别的家庭一样居家过日子，并不起眼，但聚合在一起便成了光线和光团，在文明和心灵的宇空中闪烁，勾勒出了人类道德精神的轮廓线。

家庭是社会的细胞，家庭道德教育是民族道德建设的基点，良好的家风是良好社会风气的源头，年深日久便转化为民族精神和国人素质的DNA。社会精神文明的提升，民族道德素质的提升，从家风抓起，的确抓到了基础上、根子上。

家庭文明将社会文明亲缘化、温情化、友谊化，使社会文明在村道街巷里流动，在自家屋檐底下素常的日子中积淀，因而易于接受、易于流布、易于传承。良好的家风在每个家庭形成一个一个的微循环，无数个良性的微循环连成一村一镇、一坊一城的大渠道，最后形成覆盖城市乡村和整个社会的云网络。良好的家风、乡风、城风，滋养着自身，更会在空间和时间的流动循环中产生这样那样的磁场和气场，以一种充盈着正能量的场效应去影响左邻右舍，影响周边的乡镇和城市，为全社会全民族的精神文明源源不断地输血和供暖。

特别要说一说这个"润"字。书名中的这个"润"字用得真好。它暗含着编者和作者对好家风、好民风在养成、传布特色和社会文化功能方面的看法，很为我所欣赏。是的，社会文明风气的养成离不开教育，甚至离不开适度的灌输和强制，比如学校、机关和行业都需要有切合实际、行之有效的道德规范和文明准则，但好风气的养成更要依仗的是这个"润"字。有了一茬一茬的榜样引领，风气的横向传播和纵向传承，恐怕主要就得靠这个"润"字了，靠"清水"和"净气"的润泽。"教"是理智的启悟和行动的引领，让我们知道应该怎样做；"规"是文明与不文明的边界，让我们知道不应该怎样做。

但这个"润"，那是似有若无却又无处不在的一种柔性氛围，有着水一般直淌良知、气一般直浸心灵的功能。润，滋润，养益，《荀子·劝学》："玉在山而草木润之。"这里说的不是灌溉，而是滋养。好风气和好玉一样，主要是滋养出来的，是以水草土壤这些良性的外因，启动激发玉的内在生命力来实现自我蜕变。润，润泽，润色，润之长久、泽被草木，这恩惠是会随生命的延续代代传承的。养成好家风好民风，的确是功在千秋、恩被万代的事。以好家风好民风润泽三秦，将我们的精神文明构建转化、提升为柔润型的、营养型的、循环型的养成过程，我们的城乡便会出现宋代大学者欧阳修在一千年前以诗句描绘过的他心向往之的气象："光芒可爱初日照，润泽终为和气烁。"

读这本书多少能让大家感觉到那种气象的临近。

2016年12月14日
西安不散居

卷首语 2

好家风润三秦

商子雍

所谓家风，指的是一家或一族世代相传的道德准则和处世方法，也被称作门风。家风是一种形而上的东西，属于文化的范畴。从古到今，在民间，许许多多被民众尊敬并崇尚的和睦家庭、成功家庭的家风，都无一例外地体现着先进文化的发展方向。所谓文化，指的是生活理念、生活方式、生活形态的总和，而先进文化，就是在正确生活理念的影响下，采取健康的生活方式，形成和谐的生活形态。

我曾经接触到一个普通却又令人赞叹的魏姓家庭，其家风被概括为"遇事莫急三思行，处人挚诚要守信，孝敬长辈知暖冷，关爱晚辈别娇宠，权势在握切谨慎，助弱济贫牢记心，身处逆境须发奋，俭朴谦和不忘本"。细细品味这七言八句，其中洋溢着爱心、善念、懿行，其先进性，当然是毋庸置疑的。

这个家庭家风的核心，是"孝敬长辈知暖冷，关爱晚辈别娇宠"。据介绍，清光绪年间，魏家三代七口从山东淄博辗转来到陕西。为了在一个陌生的环境里站住脚、扎下根，魏家从严于律己入手，用这十四个字来规范自己的家庭成员，特别是用来规范处于上有老、下有小之地位，对全家人的温饱乃至和睦负有重大责任的壮年家庭成员的行为。这种做法，符合中华优秀传统文化中"修身、齐家"的正确理念，也是在遵循一个家庭健康发展的不二规律。老一辈曾为家庭的幸福操心、出力，对他们长存感恩之心，是做人的底线；小孩子关系到家庭的未来，对他们关爱而不娇宠，是一种重大的责任。尊老爱幼，父慈子孝，一代又一代地如此往复循环，家庭眼下的和睦幸福和未来的健康发展，就有了坚实的保障。

同时，一个由善心、爱心坚强支撑着的和睦家庭，一定会或大或小地为社会提供正能量。一是"老吾老，以及人之老；幼吾幼，以及人之幼"，他们的善心、爱心惠及左邻右舍，是顺理成章的事；二来"榜样的力量是无穷的"，他们的爱心、善行、义举，无疑是给众人树立了足以效法的楷模。魏姓家庭之家风里的"处人挚诚要守信""助弱济贫牢记心"等内容，就是在给家庭成员明确社会责任。这样，尽管身为草根百姓，也同样可以为"治国、平天下"做出自己的贡献。

前面已谈到，家风是一种形而上的东西，属于文化的范畴；而文化的勃勃生机和无限活力，在于它一刻也不停歇地向前发展，在于它不断地丰富自己、完善自己。魏姓家庭的家风便是如此，经历了七代人一个多世纪坚持不懈的努力，一个和睦的大家庭和一种优良的家风浑然一体地传承至今，这不能不让人肃然起敬！

在陕西这块文化积淀深厚的沃土上，像魏姓家庭这样有着良好家风的家庭数不胜数。正是由于有着这许许多多家庭坚实而长久的支撑，陕西淳朴的民风和良好的社会风气才能够形成并不断提升。立足于此来审视"好家风润三秦"这样一个命题，真是要禁不住赞叹一声："诚哉斯言！"

序

传承家庭美德　弘扬良好家风

陕西省妇联党组书记、主席　龚晓燕

天下之本在家。家庭是社会的细胞，家风是社风的基础。党的十八大以来，以习近平同志为核心的党中央高度重视家庭建设，注重家风培育，促使家风正、社风清、政风明，以期用良好的家风支撑好的社会风气。

多年来，全省各级妇联组织始终把各类特色家庭创建活动作为参与精神文明建设、构建和谐社会的重要切入点，常抓不懈、持续推动，不断创新活动载体，丰富创建内涵，充分发挥妇女在弘扬中华民族家庭美德、树立良好家风方面的独特作用，为加强社会主义精神文明建设、培育和弘扬社会主义核心价值观等做出了积极的贡献。通过"五好文明家庭"、"学习型家庭"、"绿色家庭"、"平安家庭"、"双合格家庭"、"廉洁家庭"、"三秦最美家庭"、"文明家庭"、家风馆建设等特色载体，进一步促进了全省家庭文明建设整体化、系列化，使家庭文明建设工作呈现出有声有色、特色鲜明的局面。截至目前，全省共创建"五好"、学习、绿色、和谐、平安、廉洁、"双合格"等各类具有时代特征、不同类型的特色家庭130余万户，

评选表彰"好婆婆""好媳妇""好军嫂""好警嫂""好爸爸好妈妈"等家庭角色人物10多万人,寻找、评树各级"最美家庭"4万余个,推选出全国最美家庭31户,在三秦大地唱响了家庭的"最美"之声。

陕西是中华文明的重要发祥地之一,有着深厚的历史文化底蕴,在这片神奇的土地上曾经诞生过中国最早且成体系的有关家庭、家教、家风的篇章和著作,如《诗经》《西铭》《颜氏家训》等。在白河县,"黄氏家规"以传统儒家思想中的"孝悌忠信礼义廉耻"八德为核心,激励着一代代黄氏后人修身立品、艰苦创业,成为当地优秀家规家训的代表;在具有中华民居"活化石"之称的韩城市党家村,户户门楣或墙上都有刻于青砖、铭于心中的家规家训;在"三沈故里"汉阴县,世代相传的"沈氏家训"是陕南地区传统家规的典范。陕西厚重的历史文化根基为我们传承中华民族家庭美德和践行社会主义核心价值观,提供了丰富的精神滋养。

《好家风润三秦》一书主要收集了近四年来陕西推荐和评树的全国、全省"文明家庭""五好文明家庭""最美家庭"的典型故事,其中有呼秀珍"雷锋家庭",范秀莲、贺俊花"科学教子家庭",曹建成"艺术家家庭",陈若星"孝老爱亲家庭",曹凯"红色教育基地家庭",王玉秀"家庭党支部"等楷模和榜样,这些故事或叙说亲情友情,或记录成长教诲,或展现家风影响……内容真实,质朴感人。全书以平凡家庭为切入点,讲述百姓故事,诠释幸福内涵,传播文明理念,让人感到可亲、可敬、可学,用榜样的力量引领大家见贤思齐、崇德向善。

诗礼传家久,家风济世长。习近平总书记在接见全国文明家庭代表时强调:"无论时代如何变化,无论经济社会如何发展,对一个社会来说,

序

家庭的生活依托都不可替代，家庭的社会功能都不可替代，家庭的文明作用都不可替代。无论过去、现在还是将来，绝大多数人都生活在家庭之中。我们要重视家庭文明建设，努力使千千万万个家庭成为国家发展、民族进步、社会和谐的重要基点，成为人们梦想启航的地方。"党的十九大对培育和践行社会主义核心价值观也提出要"坚持全民行动、干部带头，从家庭做起，从娃娃抓起"的要求，这给妇联组织进一步做好家庭工作指明了方向，提出了要求。

家庭是人生的第一个课堂，家长是人生的第一任老师，家风是人生的第一本教材。全省各级妇联组织要以习近平新时代中国特色社会主义思想和十九大精神为指导，切实负起责任，注重家庭，注重家教，注重家风，将家庭文明建设工作抓好、落实，以家庭美德和良好家风促进个人品德、职业道德、社会公德建设，进而促进良好社会风气形成，为培育和践行社会主义核心价值观、实现中华民族伟大复兴的中国梦做出应有的贡献。

2017 年 12 月

三秦家风

| 三秦家风 |

"雷锋家庭"的家风

——呼秀珍家庭

呼秀珍是陕西省延川县人，1944年12月出生，中共党员，特级教师职称，退休后受聘于咸阳市道北中学，为名誉校长。

呼秀珍在工作中几十年如一日，以崇高的人生追求、独特的教育风格、高尚的道德情操和无私的人格魅力，一直辛勤耕耘在三尺讲台上。她自创的"以教师为主导、以学生为主体、以合作互动为主线"的新型教学模式，为教师、学生和家长架起了一座沟通的桥梁。她先后荣获全国教育系统劳动模范、全国德育工作标兵、全国先进女职工和陕西省劳动模范、道德模范、有突出贡献专家等30多项荣誉称号，三次受到党和国家领导人的接见，被国家副主席李源潮称为"当代母亲的典范""永不退休的雷锋"。

在呼秀珍这个大家庭中，有夫妻、母女、姊妹、妯娌、连襟，他们中有八个人是党员，五个人在各自的岗位上先后荣获省部级劳模和先进工作者称号，呼秀珍与大女儿郭巧双双荣获"三秦巾帼十杰"荣誉称号。呼秀珍一家以雷锋为榜样，以家庭为单位，爱岗敬业、助人为乐、无私奉献、创新进取，把在日常生活中践行社会公德、职业道德、家庭美德和个人品

治家严，家乃和；居乡恕，乡乃睦。——清·王豫《蕉窗日记》

好家风润三秦

德有机地统一到为人民服务的实践中去，受到社会各界的广泛关注和赞誉。这个具有良好家风的家庭有一个响亮的名字——呼秀珍"雷锋家庭"。

丈夫郭士成，中共党员，中铁一局新运公司房建段退休工人。他立足本职工作，勤勤恳恳，先后荣获中铁一局新运公司优秀党小组长和优秀党员等荣誉称号。大女儿郭巧，中共党员，咸阳市公安局秦都分局副政委。从警20多年来，先后推出"窗口服务法"、"四化"思想政治工作法、"4S"户政窗口精品服务、"一二三四"校园警务工作法和"五警联勤"工作模式等。其中"窗口服务法"被省公安厅命名为"郭巧工作法"，在全省公安系统进行推广。她倡导的爱心警务室、志愿服务队和爱民服务队，常年坚持在160余户孤寡、空巢老人，留守儿童，孤残人员和困难军烈属中开展志愿服务队活动，被称为"警界雷锋"。郭巧先后荣获全国及省、市优秀人民警察、

治家以和平两字为主。——清·钱泳《履园丛话·治家》

全国巾帼建功标兵、中国百名优秀志愿者、陕西省"百年三八杰出女性"、"三秦巾帼十杰"、陕西省首批道德模范等荣誉称号，荣立个人二等功一次、三等功三次。大女婿岳刚库，中共党员，咸阳市公安局交警支队陈杨大队教导员，连续九年被评为优秀公务员，荣获陕西省交警系统优秀民警、咸阳市杰出青年岗位能手等称号。小女儿郭灵，中共党员，解放军307医院正营职干部。她以母亲、姐姐为榜样，在护理岗位上摸索总结出以"三亲""四一""五个心"为主要内容的"郭灵护理法"，为无数患者带来康复的希望，并荣立个人三等功一次。小女婿林仲武，中共党员，中国军事医学科学院科技部干部，因在科研管理方面成绩突出，荣立个人三等功两次。外孙女岳亮，她勤奋学习，热爱集体，团结同学，助人为乐，积极参加西安世园会和咸阳市春节联欢晚会等公益演出活动，连续多年被学校评为"三好学生"。

在呼秀珍精神的熏陶和感染下，她的弟弟、弟媳和妹妹都恪尽职守，勤恳工作，受到党和人民的充分肯定。其中，弟弟呼兰中、弟媳苗淑梅两人荣获省部级劳模和先进个人等称号。

2012年4月，《中国妇女报》成立专题报道组，对呼秀珍家庭进行了深度采访，形成"一文两论"；陕西省妇联向全省发出了《关于开展向呼秀珍和她的"雷锋家庭"学习的决定》。2016年12月，呼秀珍家庭被评为第一届"全国文明家庭"。

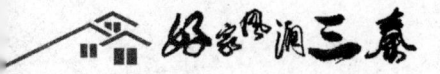

留守儿童的书香之家
——范秀莲家庭

走近陕西省咸阳市三原县鲁桥镇东里西村范秀莲与雷国平夫妇的农家小院,一副"营造书香社会,感受知识人生"的对联映入眼帘,门口悬挂着"三原县图书馆东里西分馆"的标牌。院子的书屋内沿墙排列着六个书柜和两张桌子,各类图书整齐地摆放在书架上,桌上叠放着一摞摞报纸,旁边挂着四个借阅记录本。

今年70岁的雷国平年少时受条件所限,没有圆自己的读书梦。他17岁当兵,后来转业成为一名铁路职工,常年离家在外工作,三个孩子的教育重任就都落在妻子范秀莲身上。

1996年,范秀莲从报纸上看到西安统计学院无臂大学生姚伟"身无双飞翼,心有凌云志"的事迹后深受感动,就带上当时正读高二、因沉迷电子游戏而成绩下滑的小儿子到西安统计学院拜访

了姚伟。在姚伟事迹的激励下,小儿子刻苦攻读,成为恢复高考以来东里西村的第一位大学生,毕业后留在西安一所高校任教。因为重视教育并形成良好的风气,此后雷国平的家族里大学生辈出,还有两人在美国留学深造。

夫妇二人退休后回到村里,了解到许多孩子辍学打工,一些父母忙着赚钱,对于孩子的照料只限于吃饱穿暖等情况,他们看在眼里,疼在心里。范秀莲和老伴商量,决定用退休工资开办家庭图书室,宣传读书学习的好处,让村里的孩子爱看书、有书看,爱学习、能成才。

有梦想就有希望。范秀莲、雷国平夫妇东奔西跑筹措资金购置书籍,捐出自己的1000多册藏书,并向家族成员募来1000多册书籍,成立了家庭图书室。之后他们又多方求助,最终得到三原县委、县政府,原工作单位等的大力支持。2013年4月18日,图书室被收编为"三原县图书馆东里西分馆",藏书达2.2万余册。书屋成立之后,每到周末或放假,许多学生成群结队来到书屋借书、看书,十几年来雷打不动。书屋成立并发挥作用之后,范秀莲、雷国平夫妇没有满足于现状,继续号召全族70余人成立家族联合会,每年每户拿出100元作为教育基金,设立奖学金,目前已有4名孩子受到家庭教育基金会的奖励,其中一人被授予雷氏家族"希望之星"称号。

范秀莲夫妇还致力于关爱留守儿童工作,他们自费制成"榜样的力量是无穷的""十八大在我心中"等系列宣传展板累计116块,骑上人力三轮车,连续14年

在本村及周边村镇、学校、企业和广场进行巡回展出百余场次。他们还带领村上51名留守儿童和中小学生去西安外国语大学、陕西师范大学和陕西历史博物馆参观学习；2015年暑假期间，带领10名留守儿童到秦始皇帝陵博物院参观学习；2016年夏，又带领鲁桥镇10名品学兼优的留守儿童到北京天安门广场观看升国旗仪式和人民英雄纪念碑、瞻仰毛主席遗容，到北大、清华参观学习。在雷国平、范秀莲夫妇返乡定居的15年中，他们所居住的东里西村9组，一个仅有62户256口人家的自然村，就涌现出了博士生1人、公派留学生2人、硕士生6人、大专以上学生42人。

"注重教育是咱家的传统，是咱们的家风，一定得坚持下去……"2016年12月，刚从北京领奖回来的雷国平、范秀莲夫妇在自家小院召开了小型的"家族会议"。"获得这个奖，是雷氏家族87口人共同的荣耀，我们家族的人不管分散在何地，都要坚持重文化、重教育的家风。"雷国平说，他们这个家族曾历经磨难，而儿孙们通过读书，将使这个家族越来越兴旺。

2016年12月，范秀莲家庭被评为第一届"全国文明家庭"。

| 三秦家风 |

两个老农民培养了一窝艺术家

——曹建成家庭

曹建成是陕西省延川县人，与妻子呼玉梅结婚68年来，再苦也从未放弃对子女的教育，千方百计供孩子上学。曹建成夫妇十分注重对孩子的艺术熏陶，曹家兄弟姊妹六人，有五个是从事文化艺术工作的：老大曹伯植是一级编剧；老二曹伯祯是长笛、萨克斯教师，后为专职文化经理；老三曹伯涛为一级作曲家；老四曹伯炎为一级演员；小女儿曹雪琴为古筝、古琴二级演奏员。唯有大女儿曹雪娥因身体条件所限，未从事文化艺术工作，是语文教师。连同媳妇及孙子辈，曹建成全家有14人从事专职或兼职文化艺术工作。有人开玩笑说："啊呀，两个老农民，培养了一窝艺术家。"

8岁时，曹建成失去了母亲，父亲又参加了红军，他便成了无人照料的"孤儿"，不到10岁就揽工放羊，下地干农活。呼玉梅14岁丧母，嫁到曹建成家时，家贫如洗，全家的粮食只有半碗高粱面。夫妻协力耕织，再加上丈夫弹棉花，妻子喂鸡养猪，才能勉强度日。两人生育了四男二女，人多劳力少，粮食自然不够吃，孩子们穿的都是破衣烂裤，九个人的衣服鞋袜全靠妻子一针一线地缝。光是缝补鞋袜，呼玉梅天天都要熬到清晨鸡叫，还要推磨、碾米、喂猪、喂鸡，再做一大家子的饭，的确不是一件易事。但夫妻俩再苦再累也不放弃对子女的教育。孩子们是在母亲的纺车边、油灯下，听着优美的民歌、道情和"毛野人""七姐"这些故事入睡的。父亲是秧歌把式，每次闹秧歌总要领上孩子们看；他还是伞头，教孩子们唱秧歌、扭秧歌、打鼓。他弹一斤棉花才赚一两毛钱，但为培养长子的爱好，竟舍得花14元钱买了一面战鼓。因此，孩子们小时候就会打击乐器，甚至拿烂锅盖当伞，领着村里一群孩子"闹秧歌"。

曹建成一生务农，从小给人打过长工，揽过短工，长大当过红军，抬过担架，这一切使他早早便深知人间冷暖，也悟出了出门人和落难之人更需要关怀照顾的道理。自村里1955年成立互助组起到1984年落实责任制前，他一直担任村干部，先后任社主任、村支书等职。老两口热心集体事业，

钱财如粪土，仁义值千金。——《增广贤文》

甚至连自家的窑洞、新铺盖都腾出来为下乡、驻队干部用，宁可让自己的子女吃粗粮、细粮、好饭要留给干部吃，且分文不收。他们不光关心集体事业，连串乡做生意的"货郎担"也给管饭，有稀罕物、好吃的，总要给邻居送一点。在那个困难的年代里，要饭的来了，他们满勺满碗给米给面，天冷还要带回来坐在热炕上给一碗热饭吃。村里人过红白事，他家既接待亲戚，也接待吹鼓手。过去的吹鼓手在延川是被人瞧不起的，但他们不嫌弃。1952年，同村曹金财家过事，让他家接待吹鼓手，有一名叫高文正的吴堡吹手酒后得了重病，卧床不起，奄奄一息，曹建成又是拔火罐又是用针挑，妻子给做好吃的，好吃好喝伺候着。经过多天的治疗和伺候，病人康复，千恩万谢，直呼夫妻二人是"救命恩人"。2008年10月，曹建成的大儿子曹伯植与延安电视台人员一起下乡，行至延川县贺家渠采访盲艺人罗战胜，罗见曹便问："我爷爷奶奶身体还好吗？"问得他莫名其妙，罗解释说："不是，我问你爸你妈呢。我们盲人下乡说书和要饭的一样，谁都看不起，到你们村常住你们家。有一次在你们村演出，正好我病了，你妈知道后，留我在家里，又拔火罐又喂药，除了管饭，还给另冲奶粉和糖水，三天后我的病就好了。好人啊！我赶死也忘不了……"曹建成夫妇现住延安，经常惦记着乡亲们，回家总要带食品钱物发散，回延安时又带回满筐满袋的家乡土特产。

曹建成夫妇的言传身教也使其子女们懂得了如何做人，如何处世。曹家30多口人和睦相处，事业有成，成了一个和谐的、欢乐的艺术之家。陕西省、西安市电视台以《老曹一家过大年》《老曹一家庆国庆》《曹伯植家的正月初一》等为题做过曹建成家庭的文化专题报道。2014年，曹家编排的说唱《合家乐》在参加全国第七届家庭文化艺术节时获奖，名列榜首。

2016年12月，曹建成家庭被评为第一届"全国文明家庭"。

革命老人的幸福秘诀
—— 曹凯家庭

在革命圣地延安市安塞县，革命老人曹凯的家庭家喻户晓。曹凯1944年参军，1948年入党。他的家庭四世同堂，共有44人，其中党员13人，大专以上学历24人，科级以上职务12人，县处级以上职务4人。这个大家庭和谐美满，父慈子孝、婆贤媳惠、夫妻恩爱、妯娌和谐、兄弟同心、姐妹团结，先后荣获中央、省、市、县及单位各类奖励200多次。

不自恃而露才，不轻试而幸功。——《增广贤文》

言传身教　育子有方

曹凯参加过抗日战争、解放战争和社会主义建设，亲眼见证了中国共产党的光辉历程，体会到延安精神是中国共产党的精神支柱，是取之不尽、用之不竭的力量源泉。在日常生活中，他非常注重用延安精神来教育、影响、感化他的七个子女，用自己的一言一行为孩子们做好表率、当好标杆，引导帮助他们健康成长。特别是离休后的 20 多年来，他以对党的无限忠诚和共产党员的责任感、使命感，全身心地致力于延安精神的弘扬和传承，坚持走遍全县所有中小学，义务宣讲延安精神，风雨无阻，诲人不倦。为了让延安精神代代相传，他先后三次召开家庭会议，决定在自家院子自费建设延安精神教育基地，面向社会免费开放，并亲自给观众当讲解员。子女们积极响应，主动捐款。全家先后投资近百万元，已建成五个展室。为了使每个家庭成员保持延安精神作风，维护家风，弘扬正能量，他又办起了家庭党员活动室和家风馆，利用这些阵地教育后代。

乐善好施　助人为乐

2000 年，曹凯在镰刀湾乡调研时了解到高家塬村两个组群众生活贫困，人畜饮水要从 3 千米外的地方用驴驮。他多方奔波筹集资金 19 万余元，于 2000 年 11 月为这个村架通了电，为两个组打了两口机井。2002 年，他为双山村孤寡老人曹明礼投资 7000 元修了两孔石窑，为贫困大学生王婵资助学费 2000 元，为贫困户资助医药费 2000 元……老伴寇永兰贤惠善良、艰苦朴素、勤俭持家、助人为乐，是曹氏好家风不可或缺的一部分。夫妻二人为子女树立了良好的榜样，使他们在不同成长

阶段、不同工作岗位都保持着乐善好施、助人为乐的品德，无论是在抗洪救灾、汶川大地震，还是其他社会公益活动中，他们都慷慨捐款捐物，支援救助。

爱岗敬业　各领风骚

曹凯家庭的每名成员不仅深爱着自己的家庭，更加热爱自己的工作，具有强烈的事业心和责任感。延安精神成为他们在工作岗位上勤勤恳恳、默默奉献的强大动力和助推器，他们分别在党务、法院、工商、教育、卫生、公安等系统的岗位任职，个个工作尽职尽责，荣誉满身，做出了让党放心、让人民满意的业绩。孙子辈从小听爷爷讲红色革命故事，在爷爷和父母的示范引领下，传承优良家风，在工作中当仁不让，表现突出。一个个荣誉，一枚枚奖牌，凝聚着曹凯全家的汗水和努力，给这个44人的大家庭增添了无限的荣誉与光彩，也焕发着延安精神的光芒。

"相互关爱，相互尊重"是这个大家庭的座右铭。这个在延安精神教育下的大家庭，每个家庭成员在生活上相互关心、相互尊重，在工作上相互理解、相互支持，家里充满着和谐的氛围，洋溢着生机和活力，受到乡邻的羡慕和称赞。

2016年5月，《中国妇女报》成立专题报道组，对曹凯家庭进行了深度采访，形成"一文一论"。12月，曹凯家庭被评为第一届"全国文明家庭"。

| 三秦家风 |

"家庭奖学金"制度17年

——贺俊花家庭

位于陕西省榆林市神木县神木镇神华路的贺俊花家，是一个四代同堂的大家庭。贺俊花家从1999年开始，便设立了"家庭奖学金"制度，至2016年，已连续实施了17年。

17年来，这项制度影响和激励了三代人、14个小家庭。在家庭奖学金制度的影响下，孩子们形成了哥哥姐姐帮弟弟妹妹、高年级帮低年级、大学生帮小学生，互帮互学、共同提高的学习氛围，孩子们追寻的目标一个比一个远大，表现一个比一个优秀。由于老人示范家风，子女继承家风，孙辈顺受家风，兄弟姐妹竞比家风，他们的家风也影响和带动着千家万户。

贺俊花家的"家庭奖学金"颁奖仪式每年都有一个主题。刚开始，孩子们都小，主题强调好好学习，奋发向上。2005年举行的第7届家庭奖学金颁奖仪式，主题是"好男儿志在天下，英雄汉四海为家"，旨在鼓励孩子们走出家乡，到更广阔的天地去打拼；2014年第16届的主题是"海阔凭鱼跃，天高任鸟飞"，鼓励孩子们走出国门，融入国际舞台；2015年第17届的主题是"德成名自立，行在言之先"，希望每个家庭成员树立诚实守信的做人准则,从自身做起、从自家做起,影响和带动周边的人。

贺俊花家自设家庭奖学金制度,目的就是要让每一个孩子养成"能吃苦,爱劳动,讲文明,有礼貌;不讲吃穿,不乱花钱,热心公益,懂得感恩"的行为规范,并形成了"做人要诚,处事要公,为官要清,为子要孝,兄弟要亲,邻里要和,勤俭持家,自强自立"的家训,培养子女成为对社会有用的人才。这个大家庭目前已培养出了3个研究生、7个本科毕业生、5个在校本科生,在村中邻里间广受称赞。

2016年12月,贺俊花家庭被评为第一届"全国文明家庭",此外,还被评为神木县"十佳书香家庭"。

事亲须当养志,爱子勿令偷安。——《增广贤文》

一个延伸大爱的文明家庭

——卢效平家庭

从家庭成员间的互敬互爱,到大家庭里的和睦相处;从对本村村民的慷慨扶助,到走向社会的慈善爱心,咸阳市彬县水口镇的卢效平家庭把人间大爱一直向外延伸着。

家风淳朴

在彬县水口镇,提及卢效平和他的家人,村民们都会竖起大拇指点赞:这个家,夫妻和睦、尊老爱幼、孝敬父母、尊法守礼,是村民们公认的模范家庭。2005年,卢效平的母亲患肺癌,他和家人一道悉心照顾,老人先后化疗了三次,如今仍健康快乐地安度着晚年。1998年,卢效平夫妇在彬县县城给他和两个兄长统一建起单元房,为的就是兄弟之间有个照应。他们兄弟虽然已经按照农村的老规矩分了家,但却一直亲如一家。卢效平夫妇教子有方,家教良好,儿子上进心强,2013年,以优异的成绩被美国加州大学录取。

村民们说,卢效平一家和邻里的关系都很好,平时只要回到家里,都会去村里走走,看望一下村里的老人们,嘘寒问暖、拉拉家常,问问有啥困难。年长的村民谈及卢效平,都会夸他"真是一个好娃"。

富不忘邻

卢效平是一位从农村走出来的民营企业家，在个人致富后不忘帮扶家乡村民致富。2011年春，卢效平拿出资金，给村上投资建起8间多功能厅，7间两层村委会办公楼，7间卫生室以及超市、村民活动广场、休闲长廊，给村里铺筑了4.5千米水泥路，建起了100户农民住宅小区，还无偿为5户特困户、孤儿户建起新居，并把钥匙交到他们手上。

为了让村上人办红白喜事方便，卢效平投资8万元为村里购置了一辆14座面包车，专门用来接送客人。从2004年起，卢效平每年春节给村上70岁以上老人发放200元到1000元红包；2014年起，给全村95位70岁以上老人每人每年发放1000元免费就餐卡，持卡村民可以在村上农家乐刷卡就餐。他还为村上办起老年活动中心、图书室等。村里的老党员五保户

早把甘旨当奉养，夕阳光景不多时。——《增广贤文》

卢世兴夫妇，两个儿子不幸去世，生活凄苦，卢效平每年给他们送去3000元生活费，坚持八年，直至两位老人去世。据统计，卢效平在建设新村的过程中，总计无偿出资710余万元。

慈善大爱

卢效平一家的仁爱之心，不仅仅体现在家庭成员和乡邻之间，还延伸到了更远的地方。

2007年，卢效平拿出2万多元为水口中学维修了存在安全隐患的围墙，为水口中心小学添置了桌椅板凳。2011年，他出资14万元为水口镇中心幼儿园购置捐赠了一辆标准校车，消除了孩子们上学、放学的安全隐患。2012年，他为新落成的彬县敬老院捐资5万元，给县上留守妇女儿童捐资2万元，给失独家庭捐资3万元，还给贫困大学生、老党员捐资26.8万元，同时选择了15名贫困大学生，资助他们直至大学毕业。与此同时，卢效平还为四川地震灾区、甘肃泥石流灾区捐资1.8万元。

十多年来，卢效平家庭累计为家乡建设新村、建设水口农民住宅小区、社会公益事业、"三告别"移民搬迁、公安英烈基金等捐款捐物达2300多万元。卢效平也先后被推选为咸阳市、彬县人大代表及市、县劳动模范，还被评为省、市助人为乐道德模范，省新农村建设先进个人，全国助人为乐好人，并获第四届全国道德模范提名奖。

2016年5月，卢效平家庭被授予第十届"全国五好文明家庭"，12月又被评为第一届"全国文明家庭"。

十年"孝亲路"
——全月秋家庭

全月秋大学毕业后到户县涝店职中任教,后调至东关小学。作为一名军属,除做好本职工作外,她孝亲、拥军、热心公益,受到各方好评。

十年"孝亲路"

在全月秋家不大的院落里,干净整洁的环境、错落有致的家具透露着女主人的持家有方。在这个院子里,全月秋陪伴婆婆度过了人生的最后五年,加上和老人在学校居住的五年,婆媳俩在一起一共生活了十年。

在家里靠墙而立的隔断上,全月秋自制了一面荣誉墙,"全国五好文明家庭""全国最美家庭""空军模范幸福家庭",一个个荣誉的背后记录着他们美德传家、善行天下的良好家风。

1997年全月秋大学毕业后来到涝店职中任教,2000年12月和丈夫靳多琳结婚。为了让爱人安心在部队工作,她将年逾古稀、身患多种疾病的婆婆接来照料,在学校的教师宿舍,婆媳俩在一张床上一睡就是五年多。军人的家庭生活注定了聚少离多,照顾老人的重担只能由她用柔弱的肩膀一力承担。

2005年,全月秋的婆婆得了严重的妇科病,后来发展到大小便都无法控制,她坚持将婆婆留在身边精心服侍,每天为婆婆清洗下身、按摩上药,让卧床养病的婆婆尽可能舒适一些。

2011年,全月秋的婆婆在老家离开了人世,虽然饱受病痛折磨,老人走时却是满脸安详。全月秋能清楚记得婆婆喜欢吃什么,亲手做老人爱吃的饭食。老人家勤俭一生,每次都怕剩饭,但她又怕老人吃撑了,所以婆婆的剩饭都是全月秋吃。

提起这些事,全月秋的丈夫靳多琳满脸歉意地说:"洗头、剪指甲、去医院看病,我这个儿子没做到的事,我爱人帮我做到了。"

如果说军人的选择是"舍身报国",那么作为军人家属的她选择的是"替夫担当"。她用十年时间敬老孝亲,告诉我们什么是"百善孝为先"。

十年军娃"妈妈路"

作为一名小学教师,全月秋的教学工作不仅仅是在课堂上,还有在下课后帮不能按时接孩子的军属照看孩子,所以她成了部队军娃的"爱心

妈妈"。

2006年,全月秋随军调到东关小学任教,看到很多部队家属的孩子放学后不能按时接送,就自觉留下来帮助照看孩子,并对学习上有困难的"军娃"进行义务辅导,这样一做就是十年。随着全月秋悉心照顾婆婆的事迹在部队传开,很多军嫂也愿意和全月秋说说心里话。小到小两口吵嘴,大到婆媳矛盾、孩子教育,都在她的工作范围之内。寒暑假是军嫂们去部队探亲的密集期,她大部分时间都是同爱人单位的军嫂们一起度过。向部队军嫂宣传现代教育理念、为官兵在婚姻家庭方面提供咨询指导,成为她支持爱人工作和回报部队关爱的实际行动。

2016年7月,全月秋开通了"为蛮拼的点赞"微信公众平台,这是一个面向部队孩子教育的公众平台,设置有"善行坊""拓展营""阅读吧"等栏目,定期传送一些弘扬传统美德、指导孩子学习的文章,已有240户军人家庭成为她的粉丝。

十年扫出"和谐路"

从不认识到相识、从相识到相知,南关中学石又社老师谈起全月秋一家,总有说不完的话。

从2006年开始,尤其是全月秋一家搬到了县城车站北路的妇幼小区居住后,全家人就成了小区的义务保洁员,自觉承担起打扫门前小路的义务,十年来从未间断过。在他们一家的带动下,小区有3户居民也自觉加入进来。在他们的努力下,这条200米长的小路一直保持干净,让石又社老人感动不已。

此外,夫妻俩帮小区居民维修电路、给学习有困难的孩子义务辅导作业、调节邻里纠纷、搬起挡路的石块、除掉路边的杂草,这样的事情也是数不胜数。

提起邻居们的这些赞扬，丈夫靳多琳却说："我们是这个时代的主人，每个人心中都有一颗向善的种子，这要我们从自己做起，从现在做起，坚持下来，涓涓细流也能汇聚成江河。"

"善念，立起的是美德，日行一善，我们可以拥有未来"，这是全月秋、靳多琳夫妇撰写的家训。看似波澜不惊的话语中却有着意想不到的力量，让这个平凡的家庭如此不平凡。在他们身上我们不但看到了诚孝至善、以德立身的精神，更能感受到善行的种子在被不断地传递下去。

2016年12月，全月秋家庭被评为第一届"全国文明家庭"。

一家两代三个"红旗手"
——王玉秀家庭

王玉秀家住陕西省安康市汉滨区，这是一个有着23口人的大家庭，甚至成立有"家庭党支部"。在王玉秀老人家客厅的桌子上，家训摆在醒目位置："诚实做人、认真做事、爱岗敬业、团结和谐。"

王玉秀是一名小学高级教师，1992年从安康市幼儿园园长职位退休后，她先后多次婉拒社会上的高薪聘用，在家里照顾孙子、孙女们和80岁的老母亲，操持整个大家庭。

"从小我就教育儿女们，我们就是一个普普通通的家庭，一定要老老实实做人，认认真真做事，讲究孝道，尊老爱幼。"王玉秀是这样说的，也是这样做的。

王玉秀退休后的第二年，她的老母亲不慎摔伤，

毋令长者疑，毋使父母怒。——明·吴麟徵《家诫要言》

两年多卧床不起。两年时间里,王玉秀精心照料卧床的老母亲,还要照顾几个孙子吃饭,可她从不叫苦喊累。子女们在她的影响下,对外婆也非常孝顺,下班回家就帮母亲打理家务,给外婆喂饭、洗澡、按摩。老母亲去世后,王玉秀的丈夫又在2004年不幸患脑血栓瘫痪在床。王玉秀怕影响孩子们上班,坚决不让子女夜间照顾,自己一人照顾老伴,这一照顾又是七年。都说"久病床前无孝子",但在王玉秀的言传身教下,她的子女们一下班就回到家里,争着抢着为父亲打胰岛素、喂饭、换尿袋、擦洗、按摩,一做就是七年。

有了王玉秀的大力支持,几个子女没有了后顾之忧,在各自的工作岗位上都取得了可喜的成绩。小女儿杨小翠在市中心医院工作,工作中不断创新,先后荣获安康市、陕西省及全国"三八红旗手"称号,是享受国务院特殊津贴的突出贡献专家。小儿媳王晓玲在安康市中医医院工作,从一名普通医生逐步成长为业务副院长,2013年3月,又被评为陕西省"三八红旗手"。而王玉秀本人早在1986年就被评为陕西省"三八红旗手"。一家两代三人先后荣获"三八红旗手"称号,别说在安康,就是在全省恐怕也不多见。

王玉秀家居住在一条老街道,狭窄逼仄,很多街坊没有停放电动车的地方,王玉秀就将自己家的前院腾出来作为左邻右舍的免费停车场。"有时谁家的车晚上没停进来,王老师晚上十一二点还去敲门问问,可热心了。"同样是教师出身的彭兴芝

和王玉秀有更多的共同语言,她说:"王老师待人真诚,乐观开朗,我们左邻右舍都离不开她。"

王玉秀乐善好施,是个热心肠,邻里之间有事,她常记在心里。对门的电视有问题了,她让小儿子去给帮忙调试;哪个熟人看病需要帮忙,她就让小女儿和小儿媳帮忙安排。

在王玉秀家的小院里,栽满了各种花草树木,有木槿、香椿、柚子、迎春、牡丹、山茶、菊花、海棠花,还有少见的铁线莲花。一年四季花开不断,生机盎然,就像老人那颗乐观开朗的心,总是充满阳光。

2014年,王玉秀家庭被评为"三秦最美家庭";2015年,获得全国"最美家庭"提名;2016年,他们一家又被评为"全国最美家庭"和第一届"全国文明家庭"。

| 三秦家风 |

书香耕读 崇德向善

——王彩侠家庭

"幸福的家庭都是相似的,幸福的家庭又各有各的家风"。铜川市耀州区小丘镇红岩村的王彩侠家是典型的书香耕读之家,家庭成员23人,家中六姐弟在父亲邢志昂和母亲王彩侠的严格要求下,谨守"做事先做人,中正立身,与人相处学会吃亏"的家风,从小崇德向善、古道热肠,个个都干出了一番事业。

王彩侠一家在红岩村享有很高的威望和口碑。她在担任乡镇干部、村上的妇女队长期间,诚信有德,热心助人,不求回报。村里有个寡妇家庭困难,她一直坚持帮助、接济了寡妇45年。丈夫邢志昂是十里八乡的大能人、大忙人,族里乡亲谁家有矛盾都找他调解,谁头疼牙疼都找他扎针治疗。他在担任校长期间,还常常将一些家庭困难、缺衣缺粮的学生带回家,长期救济,王彩侠对此没有一句怨言。邢志昂又写得一手好字,逢年过节常帮助村民写对联,乐在其中,不取分文报酬。王彩侠曾担任铜川市政协委员、党代会党代表;邢志昂先后获得陕西省、市优秀教育工作者的荣誉。

邢家六姐弟个个崇德向善,事业有成。老大邢小丽是优秀的小学教师;

老二邢小梅是诚实守信的商人；老三邢小英曾获得陕西省"新长征突击手"称号；老四邢小娥是铜川市女企业家协会副会长，曾获得省"三八红旗手"等称号；老五邢小宁与爱人董明学致富不忘乡亲，多年来一直坚持做公益，曾获得"铜川市劳动模范"称号；老六邢小俊曾长期活跃在新闻一线，策划了大量轰动全国的新闻热点，荣获国家、省级新闻奖项19次。

红岩村过去是当地有名的贫困村，近年来村民的物质生活富裕了，对精神文化生活有了更高的要求。于是村上决定修建文化广场，然而经费却成了大难题。从红岩村走出去的邢家六姐弟得知情况后，纷纷拿出家里的积蓄，并积极联系资助款项，很快就筹集了建设资金70万元，为村里修建了两委会办公楼和文化广场。

家庭是圃，孩子是苗。常言道：一个好的女性可以造福三代人，一个好的母亲对家庭的影响更是源远流长。在父母的影响下，邢家六姐弟以父母为榜样，把帮助别人当成人生最大的快乐，给社会传递正能量，成为耀州好家风的楷模。

2014年，王彩侠家庭荣获"三秦最美家庭之星"称号。

德行广大而守以恭者，荣；聪明睿智而守以愚者，益。
——周·姬旦《诫伯禽书》

| 三秦家风 |

一诺千金数十年

——许生家庭

君承一诺,必守终生。为了一句"我来服侍你们"的郑重承诺,许生和他的家庭义务侍奉两位孤寡老人20多年,无微不至,用真诚和大爱为老人驱散饥寒与冷清,给予暖暖的关怀和浓浓的情义。许生家庭的善举被广为认可和赞颂。

许生家住汉中市略阳县城关镇大坝村,一家四口原住在大坝村黄家山组,因忙于生计,他把女儿寄养在黑山沟村民小组的岳父母家。从岳父母家到自己家有十几里路程,途中要翻越好几座山,下好几道沟,往返一趟最少也要4个多小时。由于牵挂女儿,许生经常行走在这条路上,由此与蒋兴贵、何桂兰这对孤寡老人相识,并结下了这20多年的"父子"亲情。

蒋兴贵、何桂兰夫妇居住在原黑山沟村民小组的一座半山腰上,他们的孩子幼年不幸溺亡,两间陈年土坯房,几亩薄地,便是他们所有的财产。两人身高均不足1.2米,蒋兴贵老人的脊背早已在生活的重压下变形,常年佝偻着身躯,直不起腰来,老两口的日子过得尤为艰辛。由于他们居住的地方是许生看望女儿时的必经之地,许生路过时口渴了常去讨杯水喝,也

凡事之本,必先治身。——《吕氏春秋》

常帮助老人挑个水，做些体力活，寒来暑往，便相互熟络起来。

1989年3月是春播大忙的时节，许生再次经过蒋兴贵夫妇家时，看到已断粮多日的何桂兰用清水煮了几把用玉米种子磨成的玉米糁，就着野菜充饥，而蒋兴贵重病在床，无钱医治。蒋兴贵拉着许生的手哽咽着说："我们无儿无女，日子眼看就撑不下去了，这可咋办呀！"许生当即表示："以后我来服侍你们，我就是你们俩的儿子！"他即刻下山买了药，第二天又喊上妻子，带上家里的玉米种子，借了耕牛，购买了化肥，帮助二老翻地播种。从此以后，许生便开始了两个家、两头忙的生活。

许生自己家里的日子本来就难熬，为了增加收入，他不得不到处打零工挣钱。妻子扛起了所有的家务和两处的农活。为了方便照顾二老，同时

兼顾上学的孩子，1990年，许生东借西凑，变卖家当，终于修了新房，把两位老人接到一起生活。

虽然居住的是简陋的房子，面对的是窘迫的经济状况，但许生却从未有过放弃照顾老人的想法，日子再苦再难都没有让老人吃过苦、受委屈，反而更加孝敬老人。蒋兴贵老人年事已高，手抖耳背，为了不让他被热汤热水烫到，许生夫妇给老人准备了一个大海碗，每顿饭都亲自递到老人手上，还不忘多加两勺老人喜欢吃的肉和菜。老人生病时，许生夫妇忙前忙后，小病去卫生所，稍重点就带去医院，及时救治，悉心陪护。许生全家偶有外出时，也都事先为老人准备好做饭的材料和柴草，妥善安排好老人生活后，才放心出行。每逢过年，即使家里人不买新衣服，也要给两位老人从头到脚置办一身新衣。许生的儿女也在父母的影响下，与老人亲如一家，为老人做可口的饭菜，给老人端汤递水，陪老人说话聊天，一家人将老人的生活照顾得无微不至。老人常常逢人就夸"许生是我们的好儿子"。

2007年，79岁的蒋兴贵平静安详地离开了人世，许生亲手为他穿上寿衣。

如今，许生依然居住在当年修建的四间土坯房里，何桂兰老人已年过八旬，与许生一家一起生活了24年，依然身体健康、精神饱满、衣着整洁、笑声爽朗，许生的儿女也早已成家单过，年近花甲的许生夫妇还是一如既往地照顾着何桂兰老人。

这二十几年，许生始终坚守承诺，恪守孝道，善待老人，尽着一个"儿子"

人以孝悌忠信是教，家惟礼义廉耻是尚。——清·西周生《醒世姻缘传》

的本分。有人说他傻，自己给自己找累赘，也有人说他肯定有所图。究竟图什么呢？许生乐呵呵地告诉别人："什么都不图，也没啥可图，人都是有感情的，要揽就把事情揽到底。这样的事情如果再遇到，我还是会这样做，无怨无悔。"

"老吾老，以及人之老"，这个普通而平凡的家庭，用亲情和厚爱让两位无依无靠的垂暮老人过上了衣食无忧的生活，感受到家的温暖，同时也将这样的善行和孝道默默地传承和发扬着。

2014年，许生家庭荣获"三秦最美家庭之星"称号。

市恩不如报德之为厚，要誉不如逃名之为适，矫情不如直节之为真。
——明·陈继儒《小窗幽记》

快乐向上一家亲

——刘逢生家庭

刘逢生一家的故事，在20世纪90年代的商洛地区被几家新闻媒体连续报道，受到广大干部群众的交口称赞。

刘逢生夫妇是同窗学友。婚后不久，刘逢生患结核性胸膜炎，三天两头发烧，妻子苏秀珍便一人承担起繁重的家务，教育子女，还要精心照顾生病的丈夫。退休后，苏秀珍患有糖尿病、心血管等疾病，刘逢生便悉心照料生病的妻子。46年来，他们互敬互爱、齐心协力、共渡难关、携手奋斗，一家12口其乐融融。

全家人永远跟党走

热爱祖国、忠于党是全家人永恒的信仰。刘逢生曾担任丹凤县党史办主任、县政协提案委主任，多年来笔耕不辍，经常在报刊上发表赞美党和国家的文学作品。妻子是第一读者，总能提出中肯的修改意见。妻子长期担任丹凤县百货公司经理、县商贸局副局长，丈夫经常为她排忧解难，支持她的工作。他们爱岗敬业，成绩显著，几乎每年都受到市、县的表彰奖励。

刘逢生和苏秀珍都是有着40多年党龄的老党员，两儿一女和儿媳、女婿六人中有五名共产党员，一名是正在争取入党的积极分子，全家八名成年人中就有七名党员。在市场经济的大潮中，一些年轻人容易出现信仰危机，老两口时刻提醒子女们要坚信"只有共产党才能救中国，只有共产党才能发展中国""只有共产党的正确领导，才能实现中华民族伟大复兴的中国梦"，让他们从骨子里爱党爱国。

将立德育人放在家庭首位

刘逢生家世代笃学，堪称书香门第。祖父辈大都上过大学，老两口都具有中级职称，三个子女从小学到高中的学习成绩都在全校名列前茅，并于20世纪80年代末先后考入重点大学。其中，小儿子毕业后留学著名的加拿大麦克马斯特大学，并获博士学位；大儿子和女儿经过多年的拼搏，分别成为外资企业的高级经理、市建筑设计院的副总工程师；两个儿媳都

是硕士,女婿是中学高级教师;两个外孙和孙女也都考入全国重点大学,全家可谓人才辈出。刘逢生常和朋友开玩笑说:"走进我家门,教授绊倒人。"

刘逢生一家不仅重视自己子女的教育,而且十分关心周围下一代的教育。刘逢生专职搞党史资料征编工作13个春秋,以自己掌握的丰富地方党史资料,经常到中小学做报告,对学生进行革命传统教育,收到良好效果。老两口将三个子女先后送入全国重点大学后,社会反响强烈,他们也因此被邀请参加各种家庭教育座谈会,给更多的家长分享他们科学教子的经验。从20世纪80年代初至21世纪的20年里,刘逢生经常利用星期天、节假日为邻居和同事的孩子辅导数学课,受到广大家长和学生的好评,许多早已步入社会的学生至今念念不忘这位义务辅导员。

做传承中华孝道的典范

在敬老育小方面,刘逢生一家也做出了典范。刘逢生的母亲于1999年股骨干骨折,卧床八年之久。刘逢生和妻子退休后手把手侍奉,送吃送喝,端屎接尿。老人于2008年10月去世,终年95岁。生前人们问她长寿的秘诀,她说儿媳们孝顺是主要原因。由此可见,刘逢生夫妇是远近闻名的孝子、孝媳妇。

儿女们从小受父母孝老爱亲的精神的熏陶,上行下效,个个都很孝顺。"父母在,不远游",刘逢生父母去世后,老两口才开始到国内外许多地方旅游,费用全部由儿女们主动承担。时下老人为子女买房或帮着买房的现象司空见惯,而子女为老人买房的还是少数。但刘逢生家里的子女们就共同出资为父母买了房,居家养老。

这个12口之家,因夫妻和睦、尊老爱幼、科学教子等各方面都被当地人传为佳话。2014年,刘逢生家庭荣获"三秦最美家庭之星"称号。

养子弟如养芝兰,既积学以培养之,又积善以滋养之。
——宋·家颐《教子语》

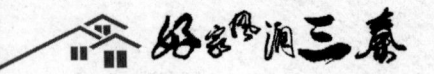

依山依岳 红梅绽放
——李红梅家庭

这是一个幸福和谐之家,父母均出生在教师家庭,从小受父辈的影响,他们秉承了勤俭诚信、友善孝敬、敬业持家、勤奋好学等优良传统。爸爸岳屹立,对待工作一丝不苟,认真奉献,在学术研究上硕果累累,在教书育人中桃李芬芳,工作八年,31岁时便破格晋升副教授,成为当时陕西省医疗系统最年轻的副教授。工作之余,他不忘年轻时喜爱的书画篆刻艺术,坚持练习,现兼任延安书画院篆刻研究院副院长、陕西终南水墨画研究院秘书长。妈妈李红梅,在而立之年,勤奋努力考取博士,毕业后回到延安为老区人民服务,成了回到延大附院工作的第一位博士,也是延安市卫生系统的第一位博士。在从医27年的生涯中,接生婴儿万名,给予无数危难病人生的希望。在爸爸妈妈的言传身教下,女儿从小就很懂事,自立自强,乐观向上。在顾好学习的同时,小学、高中及大学分别担任班长、团支书及学生会主席等职务。她的兴趣爱好也很广泛,除了钢琴十级,古筝、舞蹈、设计也信手拈来。高考时以优异的成绩被中山大学录取,后成为澳大利亚昆士兰大学排名第三的学生,又再接再厉以雅思8.0的高分考取英国伦敦政经学院研究生。

　　一家人在学业上、工作上共同奋斗的同时,不忘经营好幸福之家,从未红过脸、吵过架,有难处互相倾诉,有问题共同解决,相互扶持,一路同甘共苦。只要一有空,他们就去陪伴双方老人,帮忙洗衣做饭,并经常接老人住在一起,为老人检查身体,陪他们旅游。对周围亲戚朋友,一家人也是出了名的热心肠。因为职业及特长的关系,他们不是帮人看病,就是帮忙装修房子,业余时间基本上都是在帮助他人中度过。在尽自己微薄之力帮助他人的过程中,一家人也收获了许多温暖与快乐。他们明白,只要一家人的心紧紧连在一起,那么爱的力量将会支持他们一起,幸福地走向前方。

　　2014年,李红梅家庭荣获"三秦最美家庭之星"称号。

心犹首面,是以致饰。——东汉·蔡邕《女训》

施教泽桑梓

——辛向东家庭

一群孩子，诸多家长，两位老人，传统的摆设，书香气浓厚的小院。每逢周末假日，大荔县西郊社区的辛向东家就成了"家庭学校"。家长学生慕名而来，聆听辛向东、武纯霞两位老人讲授科学教子方法、四轮学习法等知识。两位老人三十多年如一日，传递着知识和生命的力量。

辛向东和妻子武纯霞二人相敬如宾，一生从事教育事业，兢兢业业工作，认认真真做人，不仅教给学生知识，更是学生成长道路上的道德楷模。退休后，两人潜心研究，编写了《〈四轮学习方略〉系列讲座》一书，帮助学生解决学习中遇到的疑难问题。

两人育有三子一女，他们教育儿女从小要勤思考、多动脑，用科学的学习方法学习，培养出"一博两硕四师"——大儿子获美国耶鲁大学博士学位、大儿媳获美国南康州大学硕士学位、女儿获美国

淡泊明志，宁静致远。——三国·诸葛亮《诫子书》

纽约市公立大学硕士学位，二儿子是工程师、二儿媳是会计师、小儿子是副主任医师、小儿媳是主治医师。一家人在当地远近闻名。

从1984年首次义务举办家庭辅导班至今，30多年来，老两口从未间断过。他们采取"走出去、请进来，集体辅导、个别指导、信件交流"等多种形式，为大荔县和临近县市的中小学校、幼儿园、机关单位、企事业单位的学生和家长讲课。退休后，仍坚持工作，笔耕不辍，在家教工作中卓有建树。

由辛向东、武纯霞辅导过的学生优秀者甚多。王艳艳系1992级高中毕业生，经两位老师辅导后，考上理想的大学，后又到澳大利亚留学，获硕士学位，现在北京干部管理学院任副教授。贾婷经两位老师指导，于2001年考上北京大学，毕业后考取北京大学硕士研究生，又于2010年考取瑞典皇家医学院博士研究生。值得称道的是，他们的学生不仅卓有成就，而且报国之志强烈。

两位老人多年义务做家教，年近八十仍然奋斗在他们热爱的教育事业上，坚持"有求必应，来者不拒，无私奉献，分文不取"的宗旨，用他们的生命之光，照亮莘莘学子。

2014年，辛向东家庭荣获"三秦最美家庭之星"称号。

不幸中的幸福

——张小侠家庭

这个家的女主人张小侠，是渭南市曙光特殊教育学校校长。张小侠1973年出生在一个普通农家，出嫁时，她将娘家"做人要精灵、憨厚，懂得吃亏"的家训带到了自己的小家。

21岁时，张小侠做了一名特教老师，开启了自己的事业，办起自己的特教学校，她为聋哑孩子撑起了希望的天空，却忘记了自己也是一位准妈妈。上课，做饭，搬煤，扛面，尽心地做着老师与妈妈的角色。为了让聋哑儿听到美妙的声音，她贷款购买大型语训机，在历时两年的腰腿痛的折磨中，在家人的担忧与疼惜的陪伴下，她亲自赴北京将语训机购买回来。那天，她腰腿剧痛无法支撑；可到了晚上，在丈夫的搀扶下，她还是忍着疼痛去检查宿舍。后来她被确诊为胸椎部髓内肿瘤，终于被自己的事业累倒了。在西京医院，年仅27岁的她背着亲人立下遗嘱：捐献器官，建聋哑学校。

张小侠的家是一个平凡的家，像其他家庭一样有着自己的酸甜苦辣，也有着动人的美丽——团结、和睦、向善。

手术后，张小侠身体的三分之二瘫痪，这使她失去了活下去的勇气。

夫弟子亲王，先须克己。——唐·李世民《家训》

这时，学生和亲人以各种各样的方式安慰、鼓励她。看着残疾的学生和挚爱的亲人，张小侠的眼泪一颗颗滚落，滴进嘴里，苦涩的味道惊醒了她：聋哑孩子和亲人需要她，她必须坚强！事业的激励与亲人的照顾创造了奇迹，她渐渐能拄着拐杖行走了！

自建学校时，张小侠几乎没有资金。她打算用爱人卖车及娘家、婆家兄弟姐妹们凑得的为她做干细胞移植手术的钱建校。许多人觉得不可思议，而理解她的亲人明白，为了梦想，她能把前半生豁出去，也会用后半生去继续拼搏，亲人们又一次在心痛中与她站在了一起。但这次不全是为亲人，更多的是为陌生的聋哑孩子。建校时，丈夫和公公天天守在工地，为了节约开支，一家人亲自动手搬砖、扎围墙、清除垃圾。妹夫主动出资5万多元，盖起了活动板房用作食堂和办公室。公公的退休金贴补给了学校，家里的粮食也全部提供给了学校。做饭、照顾学生睡觉，婆婆如螺丝钉一样，

哪里需要，哪里就有她的身影。缺人手时，兄弟姐妹也都来帮忙。

在张小侠手术后的十几年中，丈夫没有出过一次远门，后来还是为送学生去集训才去了趟上海。在妻子善良的感召下，他也把一切献给了学校。淡泊了世俗的繁华，他耐心细心地担起了挚爱妻子帮助聋哑孩子的责任，从没想过放弃。

在善意的温暖下，张小侠与她的聋哑孩子也将善传递给了周围的人。她的学生无论在校还是在外，无论健康还是残疾，都会去主动帮助别人。许多朋友受张小侠影响，也常常自己出资，和她一起去慰问贫困村民……

对善的守望与践行，使张小侠一家与学校融会成了一个大家庭，和学校里无亲无故的聋哑孩子成了亲人。艰难的追梦之路，张小侠一家走得笑语盈盈、幸福异常；原本不幸的家庭，成了幸福的港湾。

2014年，张小侠家庭荣获"三秦最美家庭之星"称号。

> 凡人做一事，便须全副精神注在此一事，首尾不懈，不可见异思迁，做这样，想那样，坐这山，望那山。人而无恒，终身一无所成。
> ——清·曾国藩《曾国藩家书》

| 三秦家风 |

做教育的老祖母

——查振坤家庭

查振坤一家三代五口人，四人从教。查振坤老人在职时因首创"作文早起步教改实验"享誉全省，闻名全国，曾荣获省劳模、省特级教师、省级有突出贡献专家、全国"三八红旗手"等多项殊荣，1987年当选为党的十三大代表，在平凡的岗位上做出了不平凡的业绩，得到了学生的尊敬、家长的赞许、同事的肯定和社会的认可。

个个优秀的教育之家

老伴陈恩伟是广东揭阳人，1954年华中师范大学毕业后到大西北做了一名普通中学生物教师。儿子陈浩是教研室资深电教员。儿媳李正云是小学老师，也是市、县级教学能手，省级数学学科课改新秀。身为教师，查振坤深知"教书育人""文以载道"的重要性，始终坚持崇高的品德修养，坚持党的教育方针，认真贯彻教书育人的思想，这是她从教时期的真实写照，也是家庭教育理念的精华。查振坤扎根陕南山区从事小语教学教研近40年。她针对山区小语教学费时多、效率低、质量差的现状，率先进行小语教学改革试验，大胆突破长期以来"先识字，再阅读，然后作文"的三段式模式，从一年级起即用多种形式进行作文训练。20世纪八九十年代，这一教改实验在省内外得到推广，富有成效，在全国小语界也有一定的影响。她为安康地区培训教改实验教师 3000 余人次。

互容互爱的温馨之家

1957 年"反右"斗争中，陈恩伟曾受到错误批判，当时正准备考研究生的他遭到了重重的一击。1960 年既是国家的困难时期，也是陈恩伟人生的低谷期，而正是在这一年，与他相恋三年的查振坤毅然嫁给了他，使这个广东小伙在陕南终于有了属于自己的家。自 1957 年之后的 20 余年，他一直受到不公正的对待，身心备受摧残，但是他看到大西北教育资源的匮乏，毅然留在了这里，从未动摇教书育人的信念。而查振坤对丈夫更加体贴入微，始终不离不弃。如今，这对患难与共的夫妻结婚已经 54 载，历尽坎坷，仍恩爱如初。"夫妻恩爱、白头偕老"，这句话在他们这个家庭得到充分体现。

家勤则兴，人勤则俭，永不贫贱。——清·曾国藩《曾国藩家书》

可亲可敬的守礼之家

在父母的言传身教下，儿子儿媳相亲相爱，互相支持。三代人常交流多沟通，凡事以宽容为怀。虽然各人的年龄、辈分、性格、文化、志趣等不同，但是在家庭中大家能互相体谅、尊老爱幼、民主平等、宽容谦让，形成了理解、尊重、平等、关爱的文明家风。为了支持儿子儿媳的学习和工作，老两口主动承担起孙女的课外辅导和照料生活起居工作，在家里经常给当教师的儿子儿媳传授教书经验，共同探讨在教学过程中存在的疑难问题和新课题，使他们成为教育行业的行家里手，并多次获得省市级荣誉。为了让老人的精神生活更加丰富，儿子儿媳经常陪老两口聊天、散步、旅游，支持他们的各种兴趣爱好，让老人开心。

查振坤于2008年被授予陕西省首届"百名优秀母亲"荣誉称号，2010年被授予陕西省"百年三八·杰出女性"荣誉称号，2013年被县、市授予"好婆婆"称号。2014年，查振坤家庭荣获"三秦最美家庭之星"称号。

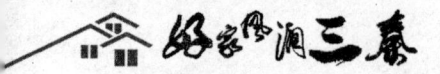

家训良言　世代受益

——党庚德家庭

韩城党家村有一座朴素温馨的四合院，悬挂着玉米、灯笼的老旧建筑，青砖墁地的庭院，摆着古老家具的居室都打扫得整洁清爽；新婚洞房，别具特色，处处充盈着浓浓的中国农家气息。这就是党氏第22代传人党庚德的家，在这个宅院里，一家人过着与世无争、平静和谐的生活。

党庚德与老伴膝下育有两儿一女，女儿与二儿子均已成家立业，大儿子因患有先天脑瘫常年在家，需要老两口的照顾。他们一家人勤劳、朴实、善良的生活作风在村里人人称道。

夫妻和睦　同舟共济

1985年4月的一天，在全家人的期盼中，大儿子呱呱坠地。这本该是一个幸福故事的开头，但不幸却在这时降临。由于出生时严重缺氧，孩子被诊断为脑瘫，夫妻二人多方求医，但均无果。虽然孩子和正常孩子不一样，但是党庚德夫妇并没有放弃。照料脑瘫儿有着常人无法想象的艰难，但夫妻二人没有过多抱怨，三十年如一日精心照料着儿子。夫妇俩没有很高的要求，就是希望孩子有朝一日能够生活自理。面对家庭的不幸，夫妻二人不离不弃、心手相牵，用实际行动诠释了爱的真谛。

慎独则心安，主敬则身强，求仁则人悦，习劳则神钦。
——清·曾国藩《诫子书》

言传身教　育子有方

进入党庚德的家,震撼人心灵的不是考究的建筑,而是那恒久的家庭文化。"诗书第""奠抉居"等门楣题字和砖刻家训,犹如一阵清风沁人心脾,让人们品读到了家庭文化的香醇,也反映了这家人的修养以及处世的思想。党庚德经常教育子女要认认真真做人,踏踏实实做事。子女们在这种浓厚的家庭文化的熏陶下,从小就非常懂礼貌,尊敬长辈,遵纪守法。邻居提起他们的子女,都会伸出大拇指称赞。这些都和党庚德夫妇科学正确的家庭教育方法及平时的言传身教分不开。

真诚待人　和睦相处

党庚德退休以后与老伴"专职"做起了宅院旅游文化,每天忙于招呼八方游客,生活忙碌而充实。每次党庚德都会热情地给游客义务讲解自家

胸襟广大,宜从"平""淡"二字用功,凡人我之际须看得平,功名之际须看得淡,庶几胸怀日阔。——清·曾国藩《曾国藩家书》

宅院的文化，参观的人络绎不绝。看过转过之后，有的游客还要合影留念。党庚德一家想着法儿满足游客的各种要求，忙得不亦乐乎。

党庚德一家一直乐于助人，关心邻里，只要大家有什么需要帮忙的，夫妻俩一定二话不说，尽可能地给予帮助。两人谦和热心，街坊邻居关系也十分融洽。

党庚德一家在这个安详恬静的安乐窝里享受着最美好最舒心的生活，在平凡的日子里带给我们不平凡的感动。2014年，党庚德家庭荣获"三秦最美家庭之星"称号。

为弃儿建造温暖家园

——康淑英家庭

宝鸡市渭滨区清姜街道的康淑英家庭,是一个由特殊感情形成的特殊家庭。

康淑英老人是宝成航空仪表有限责任公司的退休医生,从20世纪80年代开始,她与老伴郑玉存先后收养了16名弃婴,并义务照顾一名流浪老太太。

这些弃婴们几乎都有一段完全相同的经历,即出生不久就被亲生父母抛弃。他们或是先天严重残疾,或患有严重的疾病奄奄一息,而在康淑英一家的精心医治、护理下,这些孩子的身心得到了人间最温暖的呵护。

20多年来,两位老人与四个子女及其家庭,为这些没有血缘关系的残疾孩子付出了比自己孩子更多的心血与情感。

作为一个大型国有企业的副厂级领导干部家庭,原本可以过轻松无忧的生活,可从1989年收养第一个脑瘫残疾弃婴郑磊开始,郑玉存、康淑英老人就放弃了晚年应有的安宁与享乐,带领着四个子女及其家庭节衣缩食,以无私奉献、扶贫济弱的精神和有限的经济力量为社会、为残疾孩子默默

君子之立志也,有民胞物与之量,有内圣外王之业,而后不忝于父母之所生,不愧为天地之完人。——清·曾国藩《曾国藩家书》

地付出着，自己却过着普通、节俭的生活，几乎没有多少积蓄。

　　在老人言传身教下，四个子女多年来都养成了每天一下班先到父母家帮忙照顾残疾孩子的习惯。作为电工技师的长女郑莉在2002年退休后，放弃了和爱人回上海安享退休生活的机会，甚至无暇顾及自己的儿子、孙子，主动分担了照顾两个孤儿的生活责任。大儿子郑康，原任职宝成公司党委副书记、工会主席，因工作忙，就在经济上承担较多。二女儿郑滨因单位效益不好早早退休，便每天上午来家里帮助料理孩子们的吃喝拉撒。小儿子郑克一家除了负担一个孤儿的生活，还在父亲郑玉存老人去世后，又搬回老母亲家，和老人一起生活并照顾孤儿，承担日常的采买，儿媳刘桂云每天负责做饭洗衣。孙子们虽然都在外地工作，但逢年过节都会给这些没有血缘关系的弟弟、妹妹们买衣服、鞋袜、食品，带他们出去玩也成了惯例。

盛世创业重统之英雄，以襟怀豁达为第一义；末世扶危救难之英雄，以心力劳苦为第一义。——清·曾国藩《曾国藩家书》

在这个家庭中,还生活着四个孤残孩子:老大郑亚娟,技校毕业已工作;老二郑磊,严重脑瘫残疾;老三郑冬元,在西安读大专二年级;老四郑开西,先天性视网膜黄斑异样,左眼严重弱视,中学毕业后无固定工作。因此康淑英一家长期以来没有合家外出过,总是要留两人照顾这些孤残孩子,使这些残疾孩子生活的每一天都能享受到健康人的幸福和尊严。

"生命无价,尽心去做,不求回报"已成为规范这个家庭所有成员的行为准则和家训,父辈的品质影响着子辈,子辈用行为带动着孙辈,薪火相传,爱留人间。

2014年,康淑英家庭荣获"三秦最美家庭之星"称号。

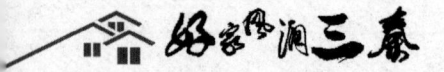

妈妈是一株顽强的"沙漠玫瑰"

——陈若星家庭

2009年6月中旬的一天晚上,四川华西医科大学,24岁的硕士研究生陈卓正在实验室做实验,母亲陈若星打来电话:"儿子,我的钼靶造影出来了,不太好,是乳腺癌。"母亲的声音十分低落,陈卓的心顿时狂跳起来,手中的玻璃器皿滑落在地摔得粉碎:"妈,我马上回西安!"

1985年出生的陈卓是西安市人,一岁多时,因父母离异,他随母亲陈若星搬到位于西安南郊的外公外婆家生活。

此时,陈若星在陕西人民出版社工作,为了让儿子过得不比一般孩子差,工作之余,也接些校对和写稿的兼职,早出晚归,还时常出差。陈卓的外公毕业于北京大学,在中宣部工作多年,是我国颇具名望的哲学家和理论工作者;外婆退休前在陕西省社科院工作。两位老人承担起了照顾和教育外孙的责任。

1997年年初,陈卓的外公因脑梗死和糖尿病并发症瘫痪在床。陈卓唯一的舅舅长年工作生活都不在西安,外婆年事已高,照顾外公的担子全落在了母亲陈若星身上。她每天忙完公务已累得筋疲力尽,可一回家还要为陈卓的外公翻身按摩、喂饭喂药,每天干完都是一身汗……

2001年年初,陈若星调任《文化艺术报》总编辑,当时该报发行量不足1000份,濒临倒闭。陈若星临危受命,工作更忙了。而此时,陈若星的父亲成了准植物人,意识几乎全失,护理起来更加麻烦。祸不单行,她的母亲又因高血压中风引发了阿尔茨海默症,每天不停地藏起各种生活用品,之后却忘了藏在哪儿;夜里时常悄悄开门离家出走,称要去寻找家人……一双老人,一个躺在床上无声无息,一个失去记忆时时走丢,家里就像翻了天,混乱不堪。

陈卓上大学后,从不乱花一分钱,还帮老师做实验赚外快。有一次,陈卓在做实验时,燃灶突然爆炸,危险物喷了一身,他忙将衣服都脱掉,只穿了短裤就往附近的医院跑。经过精心治疗,这才转危为安。陈若星得

当思四海皆兄弟之义。——晋·陶渊明《与子俨等疏》

知后,非常难过地劝他:"孩子,不要再赚那点钱了……"陈卓却安慰母亲:"以后我会多加注意。"

那个炙热的夏天,陈若星憋着一口气,终于挺过了重大手术治疗和令人难以承受的化疗、放疗之苦,病情稳定了下来;而外公外婆也闯过了生死关,先后转危为安。陈卓终于舒了口气。此时,学校早已开学,陈若星不停催促儿子尽快返校。而学校那边的课题需要陈卓参与,也不停催促他赶紧回去。迫不得已,陈卓在交代好注意事项后,依依不舍地告别母亲,回到了学校。

儿子的态度激活了陈若星的生命能量。她说:"我绝不能倒下!我要做'沙漠玫瑰',跟死神搏一回!"

陈卓身在外地学校,心系西安,一到周末,他就归心似箭。为了挣到能在周末回家的路费,陈卓几乎所有的课余时间都泡在实验室里,做实验赚外快。

2010年年初,陈卓放弃了保送读博的机会,回到西安,任教西安医科大学。

陈卓的决定,让导师非常惋惜,陈若星也极力反对。但陈卓笑道:"回到西安,我依然可以考博。"

走过生命的黑暗,陈若星无法再躺在病床上安心休养。她意识到,当自己站在通往彼岸世界的边上,四顾茫然时,是儿子点亮了一盏温暖的灯,支撑着她找到回来的路。现在,她要将这条路完美地走下去。

陈若星感慨万分,如果没有儿子的努力,她今天不会如此坦然。儿子不仅给她带来了快乐,还利用自己的专业知识,为外公外婆制订了最佳治疗方案,亲自护理,让外公外婆的病情得到了有效缓解。

苦难是一种力量,遭受的痛苦越深,斗志越强大。身体康复后的陈若星率领着团队，面对报业市场中同质化、同类化日益严重的挑战，逆境崛起，使《文化艺术报》成为全国知名品牌，获得了"中国十佳专业报"称号。

同时，陈若星也继续拾起手中的笔，开始翻译国外的文学、社会学作品，进行文学创作。她先后有300余万字出版和发表，多次受到陕西省委宣传部等单位表彰，连续多年获得中国新闻奖、陕西省优秀新闻奖，还获得了全国优秀新闻工作者、中国冰心散文奖等殊荣。

2015年，陈若星家庭荣获"三秦最美家庭之星"称号。

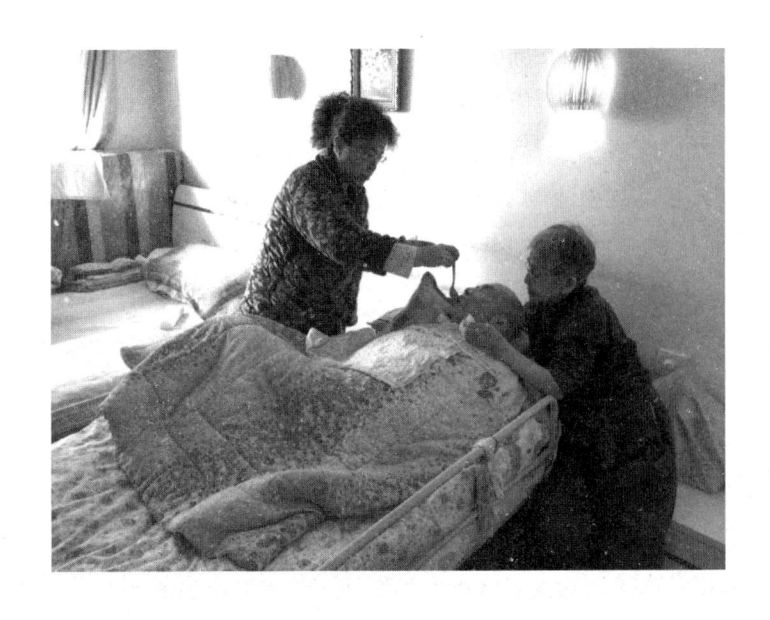

忠孝传家做表率
——周浩家庭

周浩、成会勤夫妇是扶风县的"模范夫妻"。自1967年结婚以来，两口子始终秉持"耕读传家，忠厚良善，精忠报国，孝悌仁贤"的家风家训，在事业上互相支持，在生活上互敬互爱，成为"宝鸡市十佳最美家庭"。

与国能忠："你安心到部队，家里有我照顾老人和孩子！"

周浩自幼家境贫困，1965年从学校毕业后在生产队当过会计，同时还兼任文艺演出团团长。1969年11月，他应征入伍。从军15年，周浩由一名普通战士成长为铁道工程兵团的业务技术骨干。让他欣慰的是，在艰苦的军旅生涯中，妻子无怨无悔，经常来信安慰他："你安心到部队，家里有我照顾老人和孩子！"

妻子成会勤整天忙里忙外，家里事也安排得井然有序。1970年，经过一年时间的培训，她成为一名乡村医生，承担起了村医疗站的卫生服务工作，先后给群众义诊12000余人次，经她手接生的孩子就有250多个。1984年，成会勤调到乡政府计生办，担负起计生工作。凭着女性特有的执着和韧性，以及多年的农村工作经历，她苦口婆心、深入浅出地为群众做疏导工作，

于伦理明而且尽。——明·薛瑄《戒子》

化解矛盾。其间，她还两年兼任乡妇联主任，带领全乡妇女脱贫致富寻商机，抓典型，树样板，充分发挥"半边天"的作用。1989年，成会勤还被评为宝鸡市"三八红旗手"。

与家能孝："妈，我背你到楼下看热闹去！"

1984年，周浩放弃南下转业深圳的机会，毅然回到家乡。老母亲晚年患白内障，双目近乎失明，生活不能自理；岳母患脑出血后遗症，失语半身不遂；家里还有一对牙牙学语的双胞胎孙儿。在那清苦又艰难的日子里，他们夫妻仅靠每月300多元的工资，相互搀扶，共同支撑着这个家负重前行。

当时，全家老小十口人，住在一间仅有80平方米的房子里，做饭用的是蜂窝煤炉子。婆母是南方人，喜食米饭炒菜，而母亲喜食面食，成会勤

忠厚有德者，其益不可胜言。——明·朱瞻基《寄从子希哲》

每天九顿饭，天天不重样，晚上给婆母擦洗身体，洗内衣内裤，然后又给母亲揉腿揉脚，按摩身体。周浩下班后一句"妈，我背你到楼下看热闹去"，将老母亲、岳母逐一从五楼背到一楼，让老人透透风、开开眼。

与人能善："有啥困难就给叔说！"

周浩性格开朗爽直，乐于助人，他有一句口头禅："有啥困难就给叔说！"退休后，他还做起了"月下老人"，十余年来共为100多对新人牵线搭桥，业余主持红白喜事300多场。成会勤正直善良，有同情心，在部队家属院凡是打扫卫生，照护孤寡老人，她总是带着孩子一起。2009年，已退休在家的周浩夫妇看到村子里道路泥泞不堪，急在心头。从没有给孩子提过要求的老两口，让大儿子积极协调市县争取优惠政策，给村上铺上了1500米水泥道路，并捐款5000元。村上修建老年活动中心，他们夫妇又捐助了木檩21根，捐款2000元。

2013年，周浩夫妇在回家的路上捡到了3万多元的电器器材，想尽办法归还给失主，宝鸡某物流公司感激地赠送给他们"拾金不昧"的锦旗。多年来，他们夫妇从并不富裕的退休金中拿出3000元捐献给学校，给11户贫困群众捐助衣物120余件。

诗书继世："把娃抓紧比啥都重要！"

重视教育，重视文化是周浩、成会勤家庭的传家宝，他们常教育孩子："把娃抓紧比啥都重要！"年近七旬的周浩是省作家协会会员，经常参加扶风县楹联协会等文艺活动，近年先后撰写《民俗婚事礼仪歌》《十个老婆看老娘》《歌唱十八大》《赞一赞扶风新区面貌变》等快报、诗词近500首，成为扶风基层民间津津乐道、广为传唱的曲艺品牌。

周浩夫妇的言传身教，潜移默化地影响着子女成长。大儿子周向东，是中国散文协会会员，擅长写报告文学、通讯、散文，在全国报纸杂志刊登作品近百篇。二儿子周向峰，是陕西职工作家协会会员，在《中国工商报》《工商行政管理》《中华商标》《中国消费者导报》发表新闻作品、调研报告120余篇，短篇小说《庙会》被业内广为传颂。

2015年，周浩家庭荣获"三秦最美家庭之星"称号。

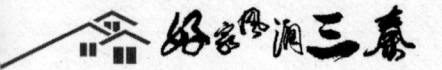

不是亲生胜亲生

——李明选家庭

李明选家住咸阳市陈杨街道,家中有位96岁的养母。十几年前,李明选从养母口中得知,自己在很小的时候,跟随生母从河南来到咸阳,当时家中经济条件不好,生母靠打工养家糊口,在需要回老家时,因凑不齐回家的车费,就将自己送给了杨秀兰老人,老人便一直将他养大。

3岁来到养父母家中,如今已是花甲之年,与养母相伴走过了半个多世纪。幼时顽劣,养母悉心教育;中年,养父去世,母子相依为命;如今,养母96岁高龄,他悉心照料,回报养育恩德。

为了让老母亲住得舒适,夫妻俩把家里最大最亮堂的房间让给老母亲。老母亲86岁时身体一度变差,生活几乎难以自理。李明选不放心让哥哥姐姐照顾,便一直让老人跟他过。

直到现在,只要母亲不高兴了,他就哄母亲,陪她打麻将,老人立即笑逐颜开。老人在床上躺了几年,从没生过褥疮,衣物、被单两三天就洗换一次;怕母亲卧床不舒服,夫妻俩每日给老人按摩腿脚;一日三餐更是按老人口味做,不断变换饭菜花样。

"我妈身体其实挺好,平时几乎不用拐拐。"看着神采奕奕的母亲,

无瑕之玉,可以为国器;孝悌之子,可以为国瑞。——宋·林逋《省心录》

老李笑得开怀,"她喜欢在屋子里走走,从前厅走到后厅,把每条走廊都走一遍。遇上门槛,她会慢慢地迈过去。"

为了让母亲有个好的散步环境,李明选每天都把屋里屋外、屋前屋后打扫得干干净净,还将家里的阳台装点成了小花园。几十盆兰花亭亭玉立、香气弥漫,叫不出名字的藤类植物爬上了铺着红瓦的屋檐;水池中,数十尾金鱼嬉戏荷叶间,将古老石碑投射在水面的倒影分割得斑驳迷离。他说,母亲十分喜欢这些花草,有时会坐在大厅里休息,欣赏眼前的绿色。

"每个人都会老呀。"李明选说,"老人其实最怕孤独,我以前也觉得给老人钱、让老人吃好穿好就是孝顺,现在觉得,跟老人多说说话,关注老人生活中的小细节,也很重要。"

李明选家如今已是四世同堂,上有年近百岁的母亲,下有咿呀学语的孙儿。早些年李明选离异,独自带着一个儿子,遇到了善良贤淑、通情达理的王丽,王丽也是离异后独自带着一个儿子。这对夫妇深知重新组合家庭的不易,也带着更多的对生活的感恩和相互的包容与理解,教育子女,善待老人,用心经营这个来之不易的家。在父母的影响下,两个没有血缘的兄弟亲如手足,相互帮助,无话不谈,对待没有血缘的继父、继母和老奶奶更是孝顺敬爱,不是亲生胜似亲生。

2015年,李明选家庭荣获"三秦最美家庭之星"称号。

勤读圣贤书,尊师如重亲;礼义勿疏狂,逊让敦睦邻。
——宋·范仲淹《范文正公家训》

朴实人带出好家庭
——李芝侠家庭

俗话说"忠厚传家远，家和万事兴"。在汉中市洋县西街社区，提起李芝侠一家，那是人人羡慕的幸福之家。全家11口人，家庭和睦，父慈子孝，乐善好施，受到全村人的一致好评。

身体力行　孝悌为本

李芝侠是一个平凡朴实的人，她秉承着"百善孝为先"的古训，一直把孝敬老人放在首要位置，凡事都与老人、兄长们商讨，无论外出做工多忙多累，都要赶回家照顾老人的饮食起居。在老人过世后，她依然坚持原则，尊敬兄长，以礼相待，以诚相对，有难必帮，因此她们妯娌之间也相处得非常融洽，生活上互相关照，生产上相互帮忙。在这种氛围影响下，整个家族都和睦相处，互相帮助。每到节假日，李芝侠总会邀请哥嫂几家吃团圆饭，在欢声笑语间拉近了兄弟姐妹之间的距离，使他们的相处更为融洽。在她的影响和教导下，不仅自己的一儿两女，家里所有的子孙，都时刻记得家族的家训："本本分分做事，老老实实做人，吃亏就是福，家和万事兴。"2013年6月，三哥宋小红因疾病到汉中市中心医院住院医治，当时两个儿子都很忙,两个儿媳毅然挑起了照顾老人的担子。她们轮流值守,为老人端水送饭、上药,擦洗身体,照料老人的大小便。在她们的悉心照料下,三哥的身体逐渐康复,一天比一天好起来。三嫂杨玉兰见人就说:"虽然我没有女儿,但是我有两个好儿媳,这儿媳胜过女儿。这真的是我们老两口的福气啊!"

明礼守信 团结邻里

俗话说"远亲不如近邻"。在西街社区,人们都知道李芝侠一家是知礼明义、热情大方、乐于助人的好人。邻居们都愿意与李芝侠一家打交道,无论大小事,他们一家人都热心帮忙,无论谁家有困难,他们总是伸出援助之手。2012年春天的一天,李芝侠正与邻居们在场院里聊天,其中一位邻居家的房客骑着摩托车进门没控制住油门,竟连人带车冲到了墙角,瞬

尔但常以责人之心责己,恕己之心恕人,不患不到圣贤地位也。
——宋·范纯仁《戒子弟》

间那位房客满脸是血。大家都吓坏了，无人敢伸出援助之手。李芝侠却毫不犹豫，立即拿出2000元钱，并叫儿子将自己的新车开出来，把伤者送到县医院救治。当儿子回来说伤者主要是皮外伤时，她才放了心。李芝侠一家人不管走到哪儿，都能和周围人打成一片，受到大家的好评，在村里的威望很高。在他们的带动下，整个社区处处充满和谐的笑声、歌声，邻里矛盾少了，家家户户亲如一家人。

勤俭持家　教子有方

李芝侠夫妻吃苦耐劳、勤俭节约，在生活渐渐好起来的今天依然坚持合理开支，从不奢侈浪费。夫妻俩相互尊重、相互体贴，为儿女们营造了一个轻松愉快、和谐温暖的成长环境，一个儿子和两个女儿都被他们教育得非常出色。在教育子女上，他们注重品德礼仪的教导，从生活中的小细节到做事情的方向上，夫妻俩言传身教，做好表率。无论是学习、工作还是创业，他们都不时提醒子女要恪守本分、吃苦耐劳、诚实做人、认真做事。三个儿女走上社会，都得到很高的评价。儿子自主创业，在当地成立了有名的房地产公司，知名度很高，被推选为县人大代表。大女儿先后在县城建局、华阳景区管委会工作，由于工作出色，被调至县政法委工作，并当选为县党代表。小女儿大学毕业后，在西安市一家幼儿园工作，工作兢兢业业，勤勤恳恳，现在已成为该幼儿园园长。

李芝侠为家庭的辛勤付出也得到了回报，现在的她是一个幸福且伟大的母亲、妻子。她用自己的本分、孝心、热心和勤劳构筑了家庭的美满、幸福，用自己的实际行动诠释着最美家庭的深刻内涵。

2015年，李芝侠家庭荣获"三秦最美家庭之星"称号。

当官处事，不与人争利者，常得利多；退一步者，常进百步。
——宋·吕本中《童蒙训》

| 三秦家风 |

塞上古城的百口之家

——白锦仁家庭

在塞上古城定边县，一个和谐幸福大家庭的美名被广为传颂，这就是定边县贺圈镇白尔庄村的白锦仁家庭。走进白家，"勤奋、拼搏"的家训被大大地写在墙上，时刻勉励着每个家庭成员，使这个家庭成为名副其实的和谐幸福大家庭。

吃上了"大锅饭"

在当地，一说起白家，无人不知，无人不晓。白锦仁弟兄三人，兄妹九人。白家兄弟姐妹都已儿孙满堂，百十来口人的大家庭，亲密往来、和睦相处、互敬互爱、远近闻名。特别是三兄弟长大成家后，并不像其他家庭一样分门别户，而是30多口人生活在一起，共同奉养父母，组成了一个其乐融融、和谐美满的大家庭。三兄弟常说："社会发展了，我们的日子越来越红火，但我们绝不能忘记父母的养育之恩，是他们给了我们生命，抚养我们长大，教我们做人。"在三兄弟的影响下，媳妇们也争相孝敬老人，晚辈们更是时常陪伴左右，聊天说笑，让老人们乐得合不拢嘴。这个人丁兴旺的大家庭，家庭成员之间感情深厚，从未因鸡毛蒜皮的事红过脸、争过嘴。老二白锦

好家风润三秦

仁笑呵呵地说："我家幸福的秘诀就是从2001年起，三个小家庭撤了自家灶房，办起了家庭大灶。俗话说，亲戚越走动越亲，兄弟越交往越近。我们家的'大锅饭'，不光使家庭成员增加了感情，有充裕的时间工作、学习，更使一大家子的成员有了较多交流的机会，也有更多时间孝敬父母老人。谁家有困难大家共同想办法、闯难关，家庭里多了了解和体谅，少了矛盾与纠纷，经过多年磨合，大家相处得更加和谐了。"不久，三兄弟又有了一个新的想法。

黎明即起，洒扫庭除，要内外整洁；既昏便息，关锁门户，必亲自检点。
——明·朱柏庐《朱子家训》

设立家庭基金

为了增强家庭成员的凝聚力，弘扬良好家风，壮大家庭事业，白家三兄弟经过认真商议，筹备建立了"白氏家庭基金"，全家人讨论制定了章程，明确了组织机构、相应职责、权利义务、基金使用范围等。如资助整个大家庭中遭受地震、山体滑坡、泥石流、洪水等重大自然灾害和重大财产损失的小家庭和个人；资助身患恶性肿瘤或其他重大疾病、医药费花费巨大，给家庭带来巨大经济困难的家庭或个人；资助年龄在60岁以上的老人，并每年为他们体检一次；奖励家庭里在校读书取得优异成绩或受到各级组织表彰的学生等。这一系列的帮扶奖励措施使部分困难家庭成员的生活得到了改善，真正做到了为家人雪中送炭。家庭基金的设立使得家中小辈们更加刻苦学习、勤奋努力，乐于助人、积极向上。近年来，这个大家庭先后出了五个重点大学学生，其中一人考取了武汉大学。除了家庭内的互相帮助，白家人也积极参与扶贫帮困的公益活动。

热心公益活动

近年来，白家三兄弟先后资助了八名因家庭困难无法完成学业的学生，累计资助7万余元。贫困学生马四保，由于父母离异，家庭困难，白家兄弟资助了其2万余元，使他在西北大学政法系顺利完成学业，现任咸阳市城投公司办公室主任；贫困学生白海鹏，由于父亲脑出血，母亲瘫痪，家庭困难，在白家兄弟资助下就读于西北大学，毕业后就职于县计生局。

2012年腊月，白家三兄弟看到部分村民生活困难，他们合计后，拿出20万元给白尔庄村民每户一袋米、一袋面、一件羊绒衫，还给12户特困户每户500元钱用以过冬。这一年，白尔庄的村民们，特别是家境困苦的村民，在这些物资和钱款的帮助下过了个暖冬，他们高兴地夸赞白家兄弟在发展家族的同时不忘帮助乡亲。

三兄弟在帮困助学方面也有善举。白尔庄村小学建校之初，资金极其短缺，三兄弟知道后当即出资 4 万元用于学校建设，后来又出资 1.3 万元为定边镇南园子小学购置教学设备。这些善举为当地学生就近入学提供了极大的便利，改善了当地的教学条件。

三兄弟除了孝敬自家的老人，对周边村镇的贫困孤寡老人也常常伸出援助之手。逢年过节，他们都会去看望白泥井镇孤寡老人马驹，为这位穷困老人提供粮、油、物等生活用品。白尔庄村的白宁家庭极度困难，母亲杨玉兰老人去世后，白宁无力葬母，甚至连棺材也买不了，白家兄弟得知后，出资为其购买了棺木。

正是秉承着这种行善尚德的家族精神，这个和谐幸福的大家庭才得以构建。只有每个人都乐于奉献，家才会更温暖；只有每个家庭都幸福了，社会才会更和谐。

2015 年，白锦仁家庭荣获"三秦最美家庭之星"称号。

| 三秦家风 |

家风古训是传家宝

——党鉴泉家庭

在韩城党家村，有这样一户人家，他们住着村里规模最大、造型最美的四合老院，他们传承着党家世代流传的大美家训家风，他们祖孙三代在不同的社会舞台上合唱着壮丽的人生之歌。户主党鉴泉是党氏第20代传人，曾做客央视《百科探秘》《解密党家村》栏目，曾整理撰写党家村村史，并发表在诸多报端媒体。在这户人家，虽没有跌宕起伏的华彩人生，却能嗅到古韵浓墨的馨香；虽没有惊天动地的感人事迹，却能感受到小院美满的亲情。

党鉴泉的老伴年少时突破干部子女不与"黑五类"结亲的束缚，与他相濡以沫48年，膝下一儿三女，都已成家立业，分居在外。清幽老院，每天都有五湖四海的游客纷至沓来，党鉴泉和老伴乐此不疲地充当着院落村史的义务讲解员。

勤劳善良　俭朴纯真

走进党鉴泉的家里，没有琳琅满目的家具，取而代之的是老人喜欢的诗句、古训，被整齐地装裱在古院的墙上。老两口将家里收拾得井井有条，

不可恃父而仗势欺人。——清·李鸿章《李鸿章家书·谕文儿》

一尘不染。虽然现在的生活条件好了,但他们仍没忘记"勤为本,俭为贵;诚为本,和为贵"的家风家训,依然节约每一滴水、每一度电,时常教导子女们勤俭持家、旧物利用。这种勤俭节约的意识已经深入每一个家庭成员心中,成为全家人的一种良好生活习惯,并影响着身边的人。

诚实守信　邻里团结

幸福的家庭离不开和乡邻们的和睦相处,在对待邻里关系上,他们全家人都坚持"邻里关系亲如兄弟,情同手足"的理念,只要谁家有了困难,他们一定会伸出友爱之手,竭力帮助,为其排忧解难。党鉴泉一直教育子女"言必信,行必果",答应别人的事情一定要言而有信,说到做到。子女们也一直谨记父亲的教诲,在和邻里相处的过程中尽自己所能帮助别人,答应办到的事情一定办到。因此,党鉴泉一家成了村里公认的模范友好家庭。

谦约节俭,廉公有威。——东汉·马援《诫兄子严敦书》

教子诲孙　父慈子孝

　　作为老教师的党鉴泉，被当地人亲切地称为"党老师"。老人教书育人十几载，不仅教给学生文化知识，更多的是传授优秀的品质。党鉴泉的四个子女常年在外工作，为了能经常见到父母，早早地就给家里装了宽带网络，便于和父母视频。一到节假日，思乡心切的孩子们就会安排好时间和父母团聚，与父母拉家常。要是工作忙回不去，他们也会安排父母到喜欢的地方旅游、散心，家里随处可见老两口旅游的照片，每一张照片都是这个家庭幸福的标签。因为担心父母的健康，子女们每年都会安排父母进行体检。年近古稀的老两口如今看上去精神矍铄，身体硬朗，这大概就是给孝顺的孩子最好的回报。

　　时代阳光下的古宅老院，文化熏陶下的幸福人家。在一个个平平常常的日子里，这里每天都在上演着真真切切、弥足珍贵的和和美美。

　　2015 年，党鉴泉家庭荣获"三秦最美家庭之星"称号。

后世子孙仕宦，有犯赃滥者，不得放归本家；亡殁之后，不得葬于茔之中。
——宋·包拯《包孝肃公家训》

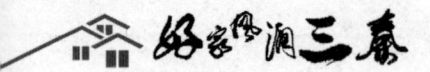

"双警"家庭用爱坚守幸福生活
——和艳宁家庭

　　什么是幸福？有人认为腰缠万贯是幸福，有人认为位高权重是幸福，有人认为食可果腹就是幸福，也有人认为平安即是福。不同人心中对幸福的理解各不相同，不同人对幸福的演绎也千差万别。

　　有这样一家人，他们是千家万户中平凡普通的一户，但就是这样一户平凡普通的人家，用自己的勤劳、朴实、宽容、相敬和爱护演绎着最真实的幸福。这个家庭共三口人，妻子和艳宁，是黄陵县公安局一名普通的户籍民警，丈夫刘朝辉是一名刑侦民警，膝下一儿。夫妻举案齐眉，儿子敬父尊母，家庭其乐融融。和艳宁多次被县局评为先进工作者，荣立个人三等功一次，2010年被市妇联评为"三八红旗手"、黄陵县第十四届人民代表大会代表。生活中因其为人善良谦和，处事公正廉明，家庭和睦融洽，成为大家学习的榜样，受到同事邻居的一致称赞和好评。

孝敬父母　家庭和睦

　　古训有言：百善孝为先。孝敬父母是中华民族的传统美德，孝亲敬老是营造幸福家庭的基石。25岁那年，和艳宁与同是民警的刘朝辉结婚，两人携手努力，开启了新的生活。刘朝辉是一名刑侦民警，长年累月在外出差，最长的一次在外面出差长达一个月，无暇顾及家庭，常常心怀内疚。和艳宁在家服侍公婆、照顾年幼的儿子，忙了工作忙家里，里里外外一把手，建立了一个安定的大本营。有一次，家里打来电话，说婆婆摔伤，正在下乡的她闻讯后一路风风火火赶往医院，给婆婆倒便盆、擦身体，背着婆婆楼上楼下检查。公公婆婆也逢人便夸儿媳贤惠勤劳、为人本分。自从出嫁以来，她从来没有和婆婆红过一次脸，吵过一次架，关系如同母女，家庭氛围十分融洽。

夫妇俩尊老爱幼、相濡以沫、勤俭持家、任劳任怨的品行，儿子都看在眼里。受夫妻俩的影响，儿子形成了待人礼貌、乐于助人、尊老爱幼的良好品德，学习也十分上进，一直是街坊四邻们夸赞的好孩子。

爱岗敬业　　乐于助人

家庭是船，事业是帆，帆儿推动船行，船儿扬起风帆。夫妻俩遇到事情一起商量，遇到困难一起解决，生活上共同照顾双方老人，事业上互扶互持。有了妻子的理解和支持，刘朝辉安心地放开手脚干工作，从事刑侦工作十几年，参与破获刑事案件数百起，先后多次荣立个人三等功，成为刑侦战线上的行家里手，担负起打击违法犯罪、维护一方平安的重任。和艳宁在工作中也是勇于吃苦，乐于奉献，具有强烈的事业心和责任感，对待每一项工作都能严肃认

真、精益求精。由于她是户籍民警，主要从事窗口工作，很多节假日都是在加班而耽误了休息，但她从无怨言，丈夫父母也很理解，从不抱怨。夫妻二人的乐于助人也是人人知晓，从义务宣传治安防范知识，到主动调节邻里之间的不愉快，邻居好多时候找他们都是工作之外的事，但他们从不拒绝，每次都是全力相助。

夫妻二人常说：一个家庭，是一个从无到有、从小到大的过程，这个过程必须共同经营。这种经营不仅是指物质上的，更多是精神上的，如培养共同的兴趣爱好，营造良好的家庭氛围等。家可以不奢华，但一定是温馨的，需要互相尊重、互相关心、互相帮助、尊老爱幼、坦诚相待等。一个和睦的家庭，之所以和睦，他们总结出一条经验就是"真诚待人、和睦相处、互敬互爱"。

2015年，和艳宁家庭荣获"三秦最美家庭之星"称号。

言忠信，行笃敬，乃圣人教人取重于乡曲之术。
——南宋·袁采《袁氏世范》

寻找线上邻居　发现身边温暖

——郭佳子家庭

　　三十而立的小夫妻郭佳子和常宇江都在媒体工作，也都是单位的骨干力量。二人分别获得多项新闻业务类奖项和单位先进荣誉，常宇江曾被评为西安市"青年标兵"，郭佳子更是陕西省"三八红旗手"。二人工作上互尊互助，生活中相伴相亲，一同付出，携手共进。随着新媒体的不断发展，在工作之余，他们还建立了社区微信公众号，通过线上平台重新建立了邻里关系，真正让一个城市区域有了家的温度。

借助新媒体　睦邻友善热心公益

　　虽有俗语"远亲不如近邻"，然而现今社会高楼林立，邻里关系并不如以往亲密。本着重塑邻里关系的初心，加上媒体从业经验，常宇江、郭佳子夫妻二人利用工作之余，于2013年申请了微信公众号"家在龙首"，当时是全西安市第一个以社区为垂直定位的自媒体平台。夫妻二人在平台上免费为周边邻居提供资讯和服务，并通过一些线上线下活动拉近邻里距离。

　　有了这样一个平台，大家的生活更方便了。附近的公共自行车在哪里存取，这个区域内怎么停车方便，哪些美食最值得推荐，最近又新开了什么特色小店，哪里的秋叶更美，哪里更适合周末带孩子游玩，还有一些生活小常识、地域冷知识等，在平台上都能找见。谁家狗狗丢了平台帮着找，谁有租房需求平台帮着发，邻居间一些闲置好物平台也可以发布信息，二手物品留给需要的人以节约资源……阅读平台的服务信息已经成为附近邻里的习惯，平台粉丝也都以"家人"相称。

  2015年7月，微信后台有"家人"留言说自强西路一名11岁女孩离家出走，二人看到信息后马上跟留言的人取得联系，核实信息属实后第一时间发布消息，联合邻里力量一起帮着找，很快便把女孩找到了。国庆节期间有"家人"提供信息说一位老奶奶在纬二十八街走失，平台快速传播出去，再次团结大家的力量帮忙寻找。

  除了帮忙寻人，热心公益的夫妻俩还曾在2014年年底帮助安康市镇坪县的贫困村义卖陕南腊肉，将村民自己做的腊肉通过"家在龙首"的平台分享给"家人"们，在为贫困村民过年之前有所创收的同时，还为"家在龙首"周边的邻居备上了一份美味正宗的陕南年货。此外，在2015年9月腾讯公益组织开展的活动中，夫妻俩也作为西安的召集人为罕见病患者募款。

  2015年年底，"家在龙首"

作为平台支持全程策划组织了潼关彩虹浴室公益活动，以被网友熟悉的众筹模式切入，借助微信和微店等移动互联网平台，每个人认筹少量的费用，集腋成裘，为陕西潼关洗澡不方便的贫困小学建立彩虹浴室，从点滴中汇聚社会大爱。

在日常生活方面，"家在龙首"组织了区域内的"跑团"，提倡大家跑步健身，树立健康生活习惯。他们还将平台与咖啡馆联系起来，在龙首村搭建"龙首电影院"，每周放送值得一看的电影，丰富大家的业余文化生活。

随着平台的不断发展，再加上邻里之间对线上家园的认可，"家在龙首"微信公众平台也被腾讯网评为"陕西十佳自媒体"，是所有获奖平台里唯一的"夫妻店"。

运行新媒体　　男女平等夫妻和睦

在新媒体平台的运行过程中，夫妻二人男女平等，各取所长，合力推进。每天下班回家后，他们一边做饭吃饭，一边讨论当天合适的话题，研究邻里需要什么样的信息。虽然有时会有争论，却并不动气，通过辩论选择最妥当的内容。

当一篇好的内容经过反复交流最终出炉的时候，二人就好像创造了一个新生命那样喜悦；当这篇内容有成千上万的"家人"阅读并得到认可的时候，二人则愈加欣慰。

"家在龙首"微信公众号受到了将近6万"家人"的关注，每天在平台上发布信息已经成为夫妻俩的一种习惯，毕竟有6万人在等着看，便产生了强烈的责任感。这个过程不光拉近了夫妻二人跟邻里、邻里和邻里之间的距离，更让二人夫妻关系更加亲密。

除了公众号，夫妻二人还基于兴趣，组建了诸如"龙首跑团群""北

要须长其忠厚之情，驱其残忍之性，不得以为犹子，而姑纵惜也。
——清·郑板桥《郑板桥家书》

郊妈妈群"等垂直的网上部落，让生活在附近的人们有机会在线下实现互动，真正把邻里关系做到了生活中。在全西安，这是唯一一个能给订阅用户提供"家"的概念的平台。大家在线上熟悉了，在线下一起 AA 制聚餐，不但结识了周边的新朋友，还真正让"邻居"这个身份在生活中给彼此提供温暖。

自媒体发展的路上充满了变数和诱惑，但夫妻二人一直心怀感恩，珍惜在这个平台上搭建的邻里关系。不忘初心，方得始终。夫妻二人沿着第一条微信推送时的心愿，和这里更多的人连接，让这里的人更爱自己的家，也让夫妻二人继续携手努力，不断奋进。

2015 年，郭佳子家庭荣获"三秦最美家庭之星"称号。

| 三秦家风 |

亲子阅读　乐享生活

——蔡云家庭

蔡云家住在西安市莲湖区土门街道，家庭成员三人。蔡云说："家风是一个家庭的风气，家训是对家庭的一种约束，很多名人都有家风家训，这反映了一个家庭的整体面貌。我们家虽然不是名人家庭，但如果要说也有什么家风家训，那一定是父亲经常挂在嘴边的那句话：多读书，读好书！"

在蔡云家，除了书柜里被塞得满满当当，在客厅、卧室、阳台，甚至卫生间都随手可以拿起书本来看。书目的种类五花八门，天文、地理、经济、旅游、美食、历史，节假日一家人除了旅行，最喜欢的事就是窝在家里各自捧着一本好书畅游书海。

在儿子只有两岁的时候，《西安晚报》发起了"寻找西安爱书人"的活动，在全市征集爱阅读的人。看到消息后，蔡云和丈夫就给孩子报了名。当记者来家里进行甄选的时候，见到他们家里的藏书也为之惊讶：孩子的藏书已经有200余本，并且在1岁就拥有了属于自己的借书卡。记者随手拿起一册绘本，当时并不认字的孩子就可以准确地说出书名，并讲出大概内容。那一年，孩子被评选为西安市最小的"爱书人"，这也给了他们全家莫大的鼓励！

天为先天之智，经商之本；地为后天修为，靠诚信立身；人为仁义，懂取舍，讲究"君子爱财，取之有道"。——清·胡雪岩《胡雪岩家训》

读万卷书，行万里路。蔡云家庭经常出外旅行，但是不管去哪里，书本都是必须随身携带的。孩子虽小，但每到一处，一定要去书店逛逛，看看有没有什么新奇的书本，看看那里的小朋友爱看什么样的书，爱听什么样的故事。

由于切身感受到亲子阅读带来的好处，蔡云家庭开始向周围的亲朋好友推广读书的乐趣，很快就结识了一群志同道合的朋友，创立了一个公益组织"晒耳亲子阅读会"。"晒耳"即英文单词"share"，意为分享与传播。"晒耳"每月组织一次活动，由故事妈妈为小朋友们讲故事。他们的口号是"晒出耳朵，来听故事"，两年来，已经为500多位小朋友讲述了100多个精彩的绘本故事。

"晒耳亲子阅读会"在2015年被西部阅读联盟评为"优秀会员单位"。为了让更多的孩子听到故事，2016年，蔡云家庭创办了自己的网络电台，每周录制故事并播出，已有300多位固定听众。

书籍是人类进步的阶梯，阅读是打开知识宝库的钥匙。蔡云家庭注重多读书、读好书，尽情享受着亲子阅读的快乐生活。

2016年，蔡云家庭被评为"西安市直机关最美家庭"，参加了"最美家庭讲好家风好家训"故事分享会，还荣获"三秦最美家庭之星"称号。

夫言行可覆，信之至也；推美引过，德之至也；扬名显亲，孝之至也；兄弟怡怡，宗族欣欣，悌之至也；临财莫过乎让。此五者，立身之本。
——晋·王祥《训子孙遗令》

| 三秦家风 |

后爸后妈的幸福生活

——党建生家庭

宝鸡市渭滨区石鼓镇党家村的党建生家庭,既是一个平凡的农村家庭,更是一个不平凡的特殊家庭。祖孙三代六口人就有五个姓,这曾在当地被传为佳话,邻居们戏称这是一个比《红灯记》里人物还复杂的特殊家庭。

63岁的户主党建生,原姓马,是党家村的上门女婿,婚后和妻子孝敬老人,养育两个儿子,家庭和睦。2001年,党建生的妻子病逝。半年后,45岁的王玉花带着一个即将高中毕业的女儿走进了他的家庭。当时家里前妻的老母亲孔老太太年迈多病,几年前腿被摔残,无法行走;大儿子中专刚毕业,外出打工;小儿子刚上初中。面对一个生活不能自理的老人和二个青春期的子女,勤劳朴实的党建

扬名于后世,以显父母,此孝之大也。——汉·司马谈《遗训》

生和善良贤惠的王玉花没有气馁。夫妇俩相互尊重，和睦相处，悉心照料老人的衣食起居和孩子们的生活，并常与孩子们沟通，处处为他们做榜样，把一个人见人愁的困难家庭变成人人羡慕的和睦家庭。孩子们逐步摒弃了"后爸""后妈"的心理障碍，兄弟姊妹关系融洽。小儿子每次开家长会，都特意要求"后妈"参加；妹妹考上了西安美院，大儿子主动负担起妹妹每月的生活费，直到毕业；女儿上大学期间，每到寒暑假回家都要给老奶奶带点小食品，给小弟弟买件新衣服。

2010年，80多岁的孔老太太病逝了。安葬了老人后，夫妻俩继续带领孩子们用勤劳和智慧建设着自己的温馨港湾，儿子、女儿先后成家，秉承了父母夫妻和睦、勤俭持家、尊老爱幼、乐于助人，与邻里和睦相处的传统，孝敬老人，教育子女。这个在风雨中组合起来的特殊家庭经过岁月的磨砺，绽放出了美丽的花朵，曾经破碎的家庭，如今已成了四邻八乡人人羡慕的相亲相爱的一家人。

2016年，党建生家庭荣获"三秦最美家庭之星"称号。

古人行善者：非名之务，非人之为；心自甘之，以为己度；易不亏，始终如一；进合神契，退同人道。——三国·姚信《诫子》

农家一门三清华

——张宽信家庭

张宽信家族有30多口人，兄弟姐妹七人。虽然已分成七个小家庭，但文明和谐的家风世代传承：兄爱幼，弟尊长，一人有困难，大家齐帮衬。兄弟姐妹，妯娌子侄，和睦相处，从未红过脸、闹过矛盾。这些都得益于他们的良好家风。

张家是咸阳市长武县有名的耕读人家。与普通的关中农家院子一样，张家院子进口即有一栋新楼，一楼客厅里供奉着张家三位先人的照片。楼后是两个窑洞，是张家的祖屋。

每年大年初一这一天，家里都很热闹，除了在加拿大的五弟，张宽信兄弟四人都会携家眷回到祖屋团聚。按照当地的风俗，一家人要一起团团圆圆吃一碗长面。长面是当地的特色饮食，手工制作的长面有一尺长，取吉祥长寿的意头。

"老人虽然不在了，但是'神'还在，兄弟齐心和睦，都约好聚在一起过年。"由于家中老人刚去世两年，张家还守孝。按照当地的风俗，兄弟四人把老人牌位请回家，由老大张宽仁在祖屋的灵牌前陪伴。

欲求子孝，必先慈；将责弟悌，务为友。——南朝宋·颜延之《御览》

"小时候回到老家,看到爷爷都是在看书。爷爷还教我们学写毛笔字、下象棋。"张宽信的儿子张秦宏说,家风应从爷爷张孝良、奶奶郭灵草说起。爷爷喜欢看《史记》《资治通鉴》,一直到90多岁,还《资治通鉴》不离手。张宽信回忆起20世纪70年代末自己上高中凑学费的故事:当时学费是2.7元,但家里太穷,出不起这笔学费。"母亲就把鸡蛋卖了,交了学费,说再困难也要读书。读书是正事,能明理,还能立身立业。"

爷爷张孝良曾在黄埔军校分校临时训练团学习财会专业,新中国成立后又学了中医,做了医生,回乡后给乡亲们看病看到80多岁。奶奶郭灵草对这个家庭的影响也很大。张宽信的媳妇马雪玲说,婆婆是大家闺秀,被当地人称为能人。婆婆识字,还自学了不少东西。对儿女,老人们强调要对人包容,学会吃亏。儿子年幼时在外与人打架,老人们从来不会责怪别

故于人伦为重者也,不可不笃。——北齐·颜之推《颜氏家训》

人的孩子，而只对自己的孩子提出要求。"我们兄弟几个从未红过脸。"张宽信说，父母亲总是强调要厚道，多为别人考虑。

兄弟五个的名字也体现了父母亲的理念。他们是宽字辈：大哥张宽仁、二哥张宽理、三哥张宽信、四弟张宽虎、五弟张宽荣。

1984年，张家的第五个孩子张宽荣考上了清华大学化学工程系，成了长武县第一个清华大学生。虽然当时学费很低，但是每个月生活费需要28元，总得有人负责弟弟的生活费。"我当时在县文化馆工作了，一个月30多元工资，所以我就负责弟弟的生活费了。当时父亲做医生，只能负责家庭的日常开支，两个弟弟都还没有工作，家里就我一个人有余力。"61岁的张宽理回想起供弟弟上学的岁月笑了起来。直到弟弟毕业，他才娶妻生子。

张宽理不但把自己的弟弟送上了清华，他的儿子张秦铭也在2007年考上了清华大学土木工程系，现在在中国建筑设计院工作。张秦宏是这个家庭出的第三个清华大学生，他的叔叔、堂兄都上了清华大学。一到春节，张家人聊天的主题是团圆及感念先人，如今一家人的和睦融洽与先人传承下来的良好家风是分不开的。

2016年，张宽信家庭荣获"三秦最美家庭之星"称号。

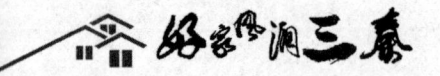

"这辈子我都会守着你"

——王中存家庭

家住商洛市山阳县色河镇的王中存是家中唯一的女儿,考虑到父母将来的养老问题,在终身大事上,她遵从二老的意见,招个"上门女婿"。经媒人介绍,她与家中兄妹众多的杨道德订婚。几个月后噩耗传来,作为工程兵的杨道德在一次执行任务的过程中,从十多米的高台上摔下来,导致高位截瘫。

面对这样的遭遇,王中存欲哭无泪,一方面为杨道德的身体状况焦虑,另一方面对由此引发的不可预知的未来担忧。而此时,亲友纷纷游说王中存,劝她早点与杨道德撇清关系,别自个儿往火坑里跳。就在这时,她做了自己人生中最大的一次壮举:不顾家人反对,毅然决然地嫁给杨道德。

没有简单的婚礼,没有买一件新衣裳,甚至没有亲人的祝福,她就成了杨道德的妻子。王中存知道,未来将有一个又一个的考验在等着她。但她也知道,杨道德现在的身体垮了,若连自己也抛弃了他,那么就是把他一个人往死路上逼,她怎么忍心?

对于全身瘫痪的丈夫,王中存不想他就那样在轮椅上生活一辈子,倔强地带着他四处求医。他们辗转多个城市,尝试各种法子,钱花光了,还

人之子孝,本于养亲以顺其志,死生不违于礼,是孝诚之至也。
——宋·蔡襄《福州五戒文》

借了不少外债，丈夫却始终没有摆脱高位截瘫的残酷现状。面对日渐憔悴的妻子，那个流血不流汗的男子汉哽咽了，他拉着王中存的手说："咱们回家吧，没希望了，别治了。我就是个废人，只会连累你的废人！"王中存也哭了，她抱住丈夫说："谁都不想这样。走，咱们回家，这辈子我都会守着你，给你端屎端尿。有我吃的，绝不让你饿着！"

从此，王中存用爱担起了照顾丈夫、支撑家庭的重任。最初动弹不得的杨道德脾气古怪，自暴自弃，对生活也失去了信心，经常莫名其妙地发火。而王中存总是默默地忍受，耐心开导，细心周到地照顾好他的生活，缓解他的压力。王中存怕丈夫闷，只要一闲下来，就坐在丈夫的床边陪他聊天，不厌其烦地讲述村里发生的大事小事，还咬牙给家里买了台电视机，让丈夫了解外面的世界；天气好的时候，她就用轮椅推着丈夫到外面散心、晒太阳，或是到邻居家串门；怕丈夫长期卧床，身上长褥疮，王中存每天都帮他翻几次身，在伤口处涂抹药膏；怕丈夫肌肉萎缩，就早晚帮他全身按摩两次。就这样几十年如一日，无怨无悔地默默守护着他。

王中存用自己小小的身躯守护了一个完整的家，她的不离不弃赢得了邻里乡亲的赞誉，也深深感动了周围每一个人。

2016年，王中存家庭荣获"三秦最美家庭之星"称号。

不孝父母，敬神无益；兄弟不和，交友无益；存心不正，风水无益；行止不端，读书无益。——清·林则徐

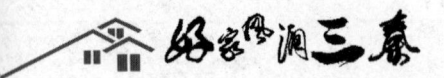

相依一生 相伴一世
——李武军家庭

娶一个警察，需要勇气，这意味着你必须学会照顾孩子，洗衣做饭；嫁一个警察，需要勇气，这意味着你必须习惯等待，懂得理解；而组成一个"双警"家庭，更是需要双倍的勇气，太多的聚少离多，太多的无暇顾及，需要更多的理解，更多的尊重，更多的牺牲和更多的爱。李武军和李妮娜就是这样一个"双警"家庭，这一对平凡的人民警察，用他们的人生诠释了事业、生活和家庭的真谛，带给了我们"相依一生、相伴一世"的真情和感动。

丈夫李武军是富县公安局法制大队民警，妻子李妮娜是富县公安局茶坊派出所民警。共同的警察事业，让两人结缘；共同的人生理想，让两人相知；在共同工作的时光里，两人彼此信任、相互支持，并于2007年喜结连理。在结婚七年多的时间里，这对互敬互爱的夫妻在工作中严于律己，在家庭中以德治家，谱写了一曲文明、动人的华美乐章。

结婚的头三年，他们分别在两个离家较远的乡镇派出所工作，聚少离多，有时一个月也回不了一次家，但因为同样是警察，他们明白彼此身上那身警服所承载的责任。他们知道自己首先是一名人民警察,然后才是丈夫和妻子。有了孩子以后,李妮娜被调到了离家较近的基层派出所工作,家庭的重担更多地压到了她的肩上,但她没有半句怨言,默默地支持丈夫的工作,让李武军更加努力地投入到工作中。几年来,李武军的工作岗位几经调动,每走上新的岗位,千头万绪的工作都需要他投入全部的精力。这个时候,是妻子的支持,让他放下包袱,全身心地投入到工作中,获得了领导同事的一致赞誉,赢得了无数的荣誉,他被省公安厅评为"全省优秀人民警察""十优法制员""优秀教员"等,多次被县公安局评为"十佳民警""先进工作者"等,并连续五年被评为优秀公务员,荣立个人三等功一次,受到嘉奖两次。李妮娜是派出所户籍民警,同时负责着派出所的户籍、档案、会计、文书、后勤等多项工作,她一样需要加班加点、备勤熬夜。李妮娜更是一个对工作和生活都有着高度责任心的人,在工作中她绝不示弱,多次被市、县公安局评为"优秀户籍民警""十佳民警"等。在干好本职工作之外,她还

要默默地撑起这个家,为丈夫在老人面前尽孝,替父亲在女儿面前尽责。

她的付出和支持,换回的是丈夫浓浓的爱。虽然能做的不多,但一有空,李武军就尽自己所能,为这个家做点什么。修修补补,洗洗涮涮,做一顿可口的饭菜,就是这些平凡的小事,让两个人感受到生活的甜蜜。他们相濡以沫,把平淡的生活过得有滋有味,成为人人羡慕的恩爱夫妻。

除了在事业上相互扶持,在生活上相濡以沫,对待家庭和老人,夫妻俩也是分外用心和孝顺。虽然平时工作忙,但是夫妻俩坚持每周都要看望双方的父母,坚持每天给父母打电话报平安,天气预报也成了夫妻俩每天的"必修课"。"爸、妈,明天要降温了,记得多穿些衣服啊。"简单的话语不长,但听起来是那么贴心和温暖。常言道:父母是孩子最好的老师。父母的言行,潜移默化地影响着孩子。他们的女儿很早就学会了自理,还经常懂事地提出帮爸爸妈妈分担家务。

牵手相伴七个春秋,李武军夫妇没有时间在花前月下、柳荫湖畔缱绻私语,他们把最美好的爱情化为工作的动力,相濡以沫、风雨同舟,一同克服了工作和生活中的种种困难,他们用真诚、善良和孝心换来了家庭的幸福美满,诠释着美丽家庭的深刻内涵。

2016年,李武军家庭荣获"三秦最美家庭之星"称号。

"家和万事兴"是最美的旋律

——李学彦家庭

提起家住榆林市榆阳区牛家梁镇常乐堡村的李学彦,认识他的人都会流露出敬佩与羡慕之情,因为他有一个幸福美满的家庭。李学彦家中有两个老人,四个兄弟,他在家中排行老大。他和妻子陈利华结婚多年来,夫妻恩爱,孝敬老人,热心助人,邻里和睦。他们用平凡生活中的点点滴滴诠释了家与爱的真谛,演绎了"家和万事兴"最美的旋律。

家庭和睦 教子有方

李学彦家庭多年来夫妻和睦,尊老爱幼,团结邻里,乐于助人,是镇上有口皆碑的"模范家庭"。生活中,每当发生摩擦时,他们都能设身处地地换位思考,能较好地解决问题。妻子是李学彦事业的坚强后盾,把家庭照顾得细致入微。30多年以来,她全力支持丈夫的事业,侍奉老人,教导孩子,料理家务,受到邻里的高度赞扬。

夫妇俩十分注重言传身教,以德育人。李学彦说:"教育孩子,其实我也没有什么诀窍,就是遵循一个'1＞10'的教育原则:与其说教孩子十句,不如父母认认真真做一件,任何事情只有当父母做到了,才有资格

理必求真,事必求是;言必守信,行必踏实;事闲勿荒,事繁勿慌;有言必信,无欲则刚;和若春风,肃告秋霜;取象于钱,外圆内方。
——黄炎培给孙子黄孟复的座右铭

要求孩子。"夫妻俩传承了"尊老爱幼、敢于吃苦、勤俭持家、任劳任怨"的优良家风，他们的一言一行，儿子们都看在眼里，深受影响。在这样的家庭环境的熏陶下，两个儿子学习成绩优异，一个毕业于西北工业大学，本硕连读；一个毕业于人民解放军第二炮兵学院，在校期间学习成绩优异。毕业后，大儿子就职于一家公司，工作中积极进取，先后荣获"2012年榆林市五一劳动奖章""2013年度榆林市工商联系统先进个人"；二儿子就职于政府机关，工作踏实认真、上进心强，得到单位领导的一致好评。他们真实、诚恳，待人谦逊有礼，一直是乡邻们夸赞的好儿子、好青年。

李学彦在教导好自己的孩子之外，每年都会拿出一部分钱资助周边经济困难家庭考上大学的孩子，圆他们的求学梦。他已累计资助20户困难家庭，捐资50多万元。

孩子长大，倘无才能，可寻点小事情过活，万不可去做空头文学家或美术家。——鲁迅杂文《死》中遗嘱

同舟共济　事业有成

李学彦是榆林市知名的企业家。常言道：成功男人的背后一定有一个贤惠女人的支持。李学彦工作忙，经常出差，对家里的一切无暇顾及，为了让丈夫安心工作，妻子陈利华主动承担了所有家务，家里家外操持得有条不紊，向上孝敬公婆，向下教导子女，既是家中的贤内助，更是丈夫事业的坚强后盾。在妻子的理解和支持下，李学彦携手四兄弟，安心地放开手脚大干事业。刚开始他辛苦打工、承揽工程，1994年他通过自己多年积累的经验，决定开办煤矿。煤矿刚刚起步，困难重重，他一边经营煤炭开采，一边照顾家庭，即使工作再忙，他也会抽出时间陪伴家人。由于经营诚信，做人本分，煤矿生产很快打开了销路，每年利润可观，家庭收入翻倍地增长，生活质量得到了很大的提升，他们一家成了该村的致富带头人。2001年，李学彦找准时机，拓展业务，转换经营项目，扩大规模，成立榆林基泰路桥集团有限公司，随后开办电厂、发展煤化工产业，又取得了成功，家庭收入再上一层楼，生活提前步入了小康行列。

勤俭持家　崇尚环保

李学彦家庭倡导文明科学的生活方式，注重科学理财、合理消费、勤俭节约。虽然家里经济条件很好，但他时常教导儿子："虽然现在的生活条件越来越好了，但是勤俭持家的传统不能丢，要从生活中点点滴滴的小事做起。"家里的东西能修复利用的，从来不轻易丢弃，尽量使其再发挥作用。对于自己的穿着，李学彦从来不讲究名牌，很少买衣服，常说"衣服只是为了保暖，只要干净整洁保暖就好"。在邻里的眼中，李学彦不仅仅是一个成功的企业家，更是一个普普通通的农村男人。他身上的淳朴气息感染着身边的每一个人。

每年春季，李学彦一家都会亲自在自家院子里种植一些绿色蔬菜，以

宁为真白丁，不做假秀才。——陶行知给儿子陶绍光的对联

供家庭日常食用。日常生活中时刻做到人走灯灭，养成随手关灯的良好习惯，只要家里或办公室没人就关掉一切电源。在工作中，李学彦严格要求员工，节约每一张纸、每一吨水、每一度电，这一勤俭节约的意识已深入到每一个家庭成员和每一个员工心中，成为一种良好的生活习惯。

热心公益　　回报社会

饮水不忘思源，李学彦一家非常热心社会公益事业：2004—2006年，向牛家梁镇政府新农村建设及文化活动捐款10万元；2006—2007年，累计向常乐堡村饮水工程、盘云界村社会主义新农村建设捐款63万元；2006年，向家乡村民用电变压器及线路改造累计捐赠10万元；2006年，向家乡村民免费供电，实现15万元/年的捐赠数额，累计捐赠100余万元；2008年5月，向小纪汗老年协会、常乐堡村宗教协会捐款10万元；2006年、2008年，两次累计向榆林一中捐款10万元；2008年5月，向四川地震灾区捐款累计35万元；2009年，为家乡修路捐款累计80余万元；2010年5月，向榆林市一中新校址迁建项目捐款2000万元；2013年8月5日，向革命圣地延安灾区捐款3万元等。多年来，李学彦一家热心家乡建设，积极参与慈善公益事业，为社会的和谐建设贡献了自己的一份力量。

牵手相伴30多个春夏秋冬，李学彦夫妇相濡以沫、风雨同舟，一同克服了工作和生活中的种种困难，他们用自己的真诚、善良和孝心换来了家庭的美满、幸福，用自己的实际行动诠释着文明和谐家庭的深刻内涵。

2016年，李学彦家庭荣获"三秦最美家庭之星"称号。

| 三秦家风 |

知书达礼 修身齐志

——薛引生家庭

薛引生是中共韩城市委宣传部退休干部,妻子贾梅英是韩城市交通局退休职工。薛引生一家六口人,大女儿薛希娟,在韩城市人民法院工作;二女儿薛希婷,在韩城市文物局工作;女婿高东田,在韩城市文化体育广播电视局工作;孙女薛新洁上小学四年级;孙子薛明洁半岁。

薛引生家庭是远近闻名的书香门第,从其祖辈始,就秉承"读书明理,修身齐志"的家训,弘扬"与诗书为伴,以勤劳为本,行仁义之事,做忠孝之人"的家风。再困难,也要把孩子的学习放在第一位,使之知书达理。兄弟姐妹中有五人都是大学本科毕业,两个女儿一个毕业于西北政法大学,一个毕业于陕西师范大学。

薛引生家庭个个尊老爱幼。其父母在世时,夫妻二人精心侍奉。父亲生性刚强,在患病的最后几个月,全家人始终陪伴在侧,在乡里被传为佳话。薛引生对两个女儿宽严相济、严爱有加。孩子上学时,薛引生在乡镇担任领导,每天早上五点起床照顾两个孩子吃早点。由于两个孩子上学时间不一样,妻子贾梅英便送了大的送小的,还要按时上班,因而走路总是跑步,每天早上上班前最少要跑两千米。二女儿结婚后,妻子和女儿、女婿共同生活,对待女婿像对待自己的儿子一样,全家人从来没有红过脸。

薛引生2006年退居二线以后，担任中国传记文学学会副会长、中国史记研究会常务理事、陕西省司马迁研究会副会长、陕西省弘扬汉文化研究中心常务副理事长、渭南市政协特邀文史委员、韩城市汉文化研究会会长、司马迁学会会长、老年学学会副会长、政协城区文史组组长。他首创的民祭司马迁大型文化活动已连续举办十届，在国内外引起巨大反响，他自己也于2012年被渭南市委宣传部评为文化成功人士。妻子贾梅英全力支持丈夫的工作。因薛引生患有心脏病，每次外出开会和举办活动，妻子都陪同始终，在业内被传为佳话。60岁时，薛引生将几十年写的诗词编辑出版，妻子便拿出自己全部的积蓄支持出书。两个女儿经常撰写文章谈及此事。大女儿的《爸爸充实而愉快的退休生活》一文被《中国老年报》《陕西老年报》《渭南日报·龙门特刊》《三秦审判》等多家新闻媒体和网络媒体刊用。

2016年，薛引生家庭荣获"三秦最美家庭之星"称号。

你和希哲都是寒士家风出身，总不要坏自己家门本色，才能给孩子以磨炼人格的机会。——梁启超给大女儿梁思顺的信

| 三秦家风 |

"小家"和"大家"

——汪勇家庭

汪勇是西安市公安局新城分局的一位社区民警，11年前，当了17年兵的他从部队转业来到西安，成为一名社区民警。正是从那时起，他用脚步丈量着这里的每一寸土地，熟悉着社区的每一户家庭、每个居民。在民警琐碎繁杂的工作中，他深深体会到民生无小事、民心不可欺。他坚守民警职责，用满腔的爱回应每一份求助。如今，他的"小家"已经融入社区的"大家"，在这个"大家"里深深扎下了根。

汪勇是一个从大山里走出来的农家子弟，父亲是一位刚正不阿、雷厉风行的老党员，母亲是一位善良温厚的农村妇女。因在城里工作，汪勇不能守在父母身边尽孝，但父亲常对他说："儿子啊，你把公家的事儿干好了，就是对我们最大的孝顺。"父母的淳朴、善良和正直深深地影响着他。

他自己的小家就在工作地，由于经济不宽裕，他和母亲、妻子、儿子祖孙三代居住在一间简朴的出租房里，大衣柜、架子床、饭桌等家具都是从旧货市场淘来的，电冰箱是转业前部队一位战友送的。屋小人多、摆布不开，就用一帘塑料布隔出了里、外间。里间摆上架子床，儿子睡上铺，母亲睡

应该用的钱，千万百万也不要吝啬；不应该用的钱，一分也不浪费！
——陈嘉庚家训

下铺，他和妻子挤在外间。就是这么一个面积狭小、条件简陋的"小家"，却始终给他温暖、给他力量，支撑他为他的"大家"——5200平方米的社区居民服务。

在工作中，家人强大的支持力量源源不断地从"小家"流向"大家"，"小家"温馨知理的爱支撑着他在为人民服务的路上前行。住房窄小，妻子没有一句抱怨，而是贴心地对他说："我不和谁比，房子再大，睡觉还不都是巴掌大点儿地方。"由于社区民警工作的特殊性，无法保证正点上下班，他很少有空闲陪母亲、陪妻儿，更别说像其他丈夫一样，陪着妻子逛商场、进公园了。对这一切，妻子从未流露出不高兴的情绪，却经常和他一起走访看望社区里的困难群众。有一次，他俩来到困难群众黄金顶家，看到黄金顶孤身一人、生活窘迫，善良的妻子流下了眼泪。在回家的路上他俩就商定：把家里仅有的一台电视机给黄金顶搬过来，让他平时解解闷。汪勇平时为社区群众花点钱，妻子从来没有说过一个"不"字。

为了能够让汪勇全身心地投入工作，妻子主动承担起照顾老人、培育孩子、收拾家务的重任。汪勇忙在社区，妻子却要家里、外面"两头忙"，汪勇深夜回到家，妻子总是为他按按头、揉揉脚。家里经济条件不好，妻子在外打工，挣钱贴补家用，自己却从来舍不得买盒化妆品、买身新衣裳。由于工作

创业难，守业亦难，明知物力维艰，事事莫争虚体面；居家易，治家不易，欲自我身作则，行行当立好楷模。——吴玉章为嫡孙吴本渊撰客厅门联

关系，汪勇的手机都是 24 小时开机，常常睡到半夜，电话会突然响起，受惊的妻子常常会"腾"地一下坐起来。对此汪勇很内疚，妻子却说："群众能够在深夜给你打电话，肯定有急事需要你帮忙解决，你放心去吧。"在妻子和家庭的支持下，一年又一年，他已记不清为社区孤寡老人、空巢老人添置过多少生活用品，上门为困难群众解决过多少燃眉之急，走楼串户帮街坊邻居化解过多少矛盾纠纷。这一切离不开他的"小家"给他的支持和力量。面对好妻子，他深感"夫妻同心万事兴，家庭和睦最幸福"。

汪勇夫妇对"小家"的付出、对"大家"的责任耳濡目染地影响着儿子，他看在眼里，记在心上。儿子从小独立自强，懂得关心别人，小小年纪就能做出一桌饭菜。他勤俭节约、艰苦朴素，从不和同学攀比物质享受。一次，儿子给他们写了一封信，起因是自己用省下买早餐的钱买了一个玩具，为此向他们道歉。一个只有 25 块钱的玩具，对于别人家孩子可能只是撒一下娇的事儿，而他们的儿子却为此偷偷省了一个月的早餐钱。读着孩子的信，汪勇的眼泪掉在信纸上，但还是批评了他："省什么也不能省饭钱。正在长身体，缺的营养将来花再多钱也补不回来。"有时深夜回到家，看着熟睡的儿子，汪勇心里酸酸的，而转念想想，身教胜过言传，也许，他和妻子的所有坚持、所有付出，正是对孩子最好的教育，可以帮助他长成一个善良、坚韧、有所追求的人。

2015 年，汪勇家庭荣获全国"最美家庭"称号。

四体不勤，五谷不分；只知吃饭，不懂耕耘，他的外号，叫寄生虫。到校读书，回家锄地；锻炼脑手，锻炼体力；这样的人，才能成器。
——谢觉哉《示儿诗》

家和万事兴
——蔺树春家庭

在西安三桥地区,提起蔺家村蔺树春老人,很多人都会称赞与羡慕:"老爷子真有福气,四个儿子,个个争气,四个媳妇,关系和睦,家庭氛围好得很!"

在慈父严母的教导下,不管是四个儿子、四个媳妇,还是四个孙子,都懂得为人孝道,以孝为先。孩子们的舅父没有儿子,母亲白淑芳就常让孩子们去看看舅父。几十年间,逢年过节,兄弟四人,有时候也加上媳妇们,常去红光路西围墙村看望舅父,关心舅父的一切生活琐事,在西围墙村被传为美谈。常有人在舅父面前夸赞说:"你蔺家村那几个外甥真孝顺!"

善待老人,对老人孝顺,这是做儿女最起码的责任。蔺树春老人的一举一动,都牵动着一大家子人的孝心。有一次,蔺树春老人因感冒在医院打点滴,大哥一个电话,全家十几个人就都赶来看望老爷子。大夫很诧异,后来才知道这全是老爷子的儿孙,非常羡慕。蔺树春是个有福的人,他喜欢旅游,孩子们就给他安排他想去的地方。出门在外,蔺老爷子身边从不缺人,上车有人扶,走路有人搀,吃饭有人夹菜,遛弯儿有人陪护。

伯伯个人生活非常刻苦,从不贪图享乐,而且对自己和亲人要求极为严格,身边的人连托情的话都说不出口。——周秉德回忆伯父周恩来平时，家里的四个儿媳妇也都很有孝心，她们经常牵挂着父亲，争着抢着对老爷子好。老爷子的冷暖，四个媳妇攀比着操心；他的心思，四个儿子揣摩着操心。老爷子常常感慨，自己有福命，儿子们能孝顺自不必说，四个媳妇都好，才真正令他欣慰。这四个媳妇有从政的，有从医的，有从商的，个个聪明贤惠。四人先后嫁到蔺家，20多年来，从没吵过架、拌过嘴。也没有任何一个人和公公婆婆吵过架、拌过嘴，都践行着"人敬我一尺，我敬人一丈"和"吃亏是福"的信条，相处得和谐、融洽，其乐融融。

在这方面，媳妇们受婆婆的影响最大。婆婆白淑芳是一位教子有方、通情明理的老人。她和大嫂张淑云相处55年，妯娌俩不是亲姐妹，胜似亲姐妹。在那个缺衣少食、物资匮乏的年代，两家人整天在一个锅里吃饭长达25年。在家务事上，她们都奉行着"争着不够，让着有余"的原则，都能善解人意，多替对方想。

1977年高考制度恢复以后，四兄弟都通过努力学习考上了大中专院校，在三桥地区被传为美谈。他们家有本科、硕士、博士以上学历10人，真正成为一个耕读之家。

2016年，蔺树春家庭荣获"全国最美家庭"称号。

劳逸妥安排，健康多福；油盐休浪费，勤俭持家。——老舍赠女儿对联

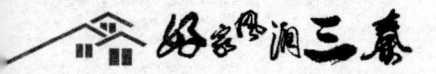

"可以分家，但绝不能分心"
——郭广孝家庭

大年初二，当千家万户的人们提着大包小包走亲访友时，居住在陕西省白水县尧禾镇的郭广孝家庭却与众不同，他们已连续十几年将五世同堂、共120口的家族成员召集起来，轮流做东，一顿简餐，一台家庭晚会，全家人一起重温60字家训，共叙亲情。谈起郭氏一族的厚重家史，郭广孝感触颇深地说："和善一门家业兴！每个家庭都有着自己的酸甜苦辣，历经百年，它就像一杯难得的佳酿，值得后人品味和传承。人再多，家再大，我们可以分家，但绝不能分心。"

寒门家训苦中得

郭西云、郭广孝的父辈兄弟五人。由于当时家中生活十分困难，祖父无奈将年幼的四叔父送人。后来，郭广孝的祖父英年早逝，家中所有的重担落在了祖母身上。祖母携五个孩子背井离乡，寄居娘家。好在母慈子孝、兄弟友爱，一家人熬过了最艰难的日子。

郭广孝的大伯父、大伯母、三叔母相继去世后，养活三个家庭12个孩子的重担落在了郭广孝的父母和三叔父身上。郭广孝的父亲多病，三叔父便挑起了生产耕种的担子，郭广孝的母亲则负责照料家中十多口人的吃穿。

那些年，父辈们艰辛创业，从善持家。村里来了红军，他们的父亲利用在粮行当会计的便利，为红军筹集粮食。困难时期，他们的父母毅然拿出了节省出的粮食接济乡邻。

"'和善'是我家历代做人的准则，父辈常用'吃亏者增福，贪财者招祸'的道理告诫子女。"郭广孝说。

耕读勤俭　一脉相传

20世纪70年代末，他们兄弟姐妹及子女40多口人仍在同一个大家庭里生活。尽管当时的日子艰难，但他们秉承祖辈家风，兄弟团结，妯娌和睦，一家人抱成一团，一起开创家业。

郭广孝听长辈们讲，当时全家老小住在一个大院里，在一口锅里吃饭。下地干活时，人人抢着挑重担，吃饭时却是你谦我让。用他们的话说是："好饭能剩下，粗饭吃干净。"

艰苦奋斗、勤俭建业、持恒练身。——包玉刚家训

1983年，在农业社分了多年以后，他们的父辈兄弟才含泪将一个大家分为八个小家。分了家，亲情却没断。改革开放土地到户的初期，全家的土地经种仍一直在一起，直到20世纪90年代，由于要发展苹果产业，才各自经种。

进入21世纪，郭家子女大多已成家立业，大家依旧姐弟情深，兄妹同心。十多年来，他们始终牢记每个兄弟姐妹的生日，每逢有人六七十整寿，大家总会主动张罗为对方庆生。

尽管一家人感情深厚，他们却并不循规守旧，而是不断更新观念。由于家中晚辈人多，以前春节晚辈们去亲戚家拜年得走好几天。为减轻孩子们的负担，同时增加年轻人互动交流的机会，老辈们商定，自2006年起，把每年正月初二定为家庭大聚会的日子。

分家聚心　和善睦邻

祖辈们"孝悌严教、友爱和睦、从善做人、德范行事"的家风在郭家几代人中传承了下来。如今，这个五世同堂的大家庭里共有120人。人口虽多，亲情却依旧浓厚。一小家有事，一大家帮忙，特别是几位叔伯长辈，不论哪家娶亲嫁女、添儿做寿，都不辞辛劳，提前张罗，把事情安排得井井有条。

迄今为止，郭氏家族每年正月初二的家庭大聚会已持续了十几个年头。每年100多人的家庭大合照，外人看到总是羡慕不已。

郭广孝家"百家宴"的规则和方法是：每年由晚辈女婿、侄子、外甥各出一人轮流组织安排；全员参加亲情聚会，不论贫富，费用AA制，但任何人不准带其他礼品，以减少攀比，减轻年轻人负担；老一辈总结去年，并对新的一年提出要求，年轻人和孩子表演才艺，锻炼提高，增加喜庆气氛；每年一张全家福，传承亲情。

只要一百个孩子中有一个成为超人式的伟大人才，中国就有四百万超人，还怕不能得救？现在中国大多数家庭还不能全心全意培养子女，我要敢为天下先。——宋耀如教育心得通过这种形式，晚辈们不用像以前那样东奔西跑地走亲戚，既节省了费用，也节省了时间，更减少了攀比，一大家老老少少还能聚在一起热热闹闹畅谈，学习交流。

"和则家兴，睦则家盛。"这就是郭氏大家庭的故事，很平凡，却也是中国从贫穷到富强的变迁缩影。

2016年，郭广孝家庭荣获"三秦最美家庭"和"全国最美家庭"称号。

快乐的公益之家
——成媛媛家庭

家住延安市宝塔区的成媛媛一家是一个快乐的公益之家。2003年，成媛媛与丈夫宣永红一起创业，成立了延安仙鹤岭公墓有限公司。随后，夫妻俩把自己的公益构想，一步步融入事业当中。

早在创业之初，她和丈夫就已经确定了自己的企业理念——经济效益与社会效益相结合，公益是整个事业的主心骨。

凝聚城市历史　启迪生命价值

2005年起，夫妻俩将仙鹤岭最黄金的地段开辟出来，先后建成红军苑、知青园、名人园等公益性墓地。在纪念红军长征胜利70周年之际，延安红军苑建成，吸引了全国各地120位老红军家属前来安葬，这里不仅免费为老红军提供墓地，还承担烈士遗骸的搬迁费用；2008年，名人园建成，那些与延安有过交集，在延安做出过贡献，或者有巨大影响力的已故名人，成媛媛都让他们在仙鹤岭公墓有纪念之地，同时一切费用由企业承担；2009年，又一个公益特设园区——北京知青纪念园建成，专门用于免费安葬在延安插队的北京知青，从此，知青这个群体在延安有了心灵的归宿地。

关爱孩子成长

2009年，成媛媛又发起"援之手——家庭爱心救助"计划。同年，"援基金"对育才小学10名贫困留守儿童进行了帮扶。2012年，成媛媛在北大进修时，募集了70多万元公益基金，用于延安"两癌"患病妇女和贫困儿童的救助，以及支援延安"金凤凰妇女手工艺合作社"的发展。

2013年，延安仙鹤岭公墓有限公司出资近6万元，联合延安儿童福利院和延安聋哑学校，为孩子们举行了为期一个月的"延安市首届孤残儿童画展"活动。展后又进行了爱心义卖，将义卖所得的1万多元全部回馈给了延安儿童福利院和延安聋哑学校的小朋友们。

2015年7月，当得知在青海玉树藏族自治州曲麻莱县措池村然仓寺的活佛尕玛周扎抚养了22名孤儿，急需修建一所学校的消息时，成媛媛和丈夫一同赶往藏区，捐款30余万元，建成"援之手——藏族然仓寺学校"，改善孩子们破旧漏风的学习和居住条件。

公益路上　幸福花开

成媛媛一边在自己的领域里用心做公益，一边鼓励自己的孩子去帮助别人，她的公益行动带动了整个家庭。

丈夫宣永红除了和她一起在企业经营中渗透公益理念，全心全意做好红军苑、北京知青园、名人园等公益园区的开发管理之外，作为民建委员的他还通过自己的组织，加入"暖冬行动"，

一个人应当有科学的头脑，对于一切事物，应当用自己的理智去分析，研求其真相，判定其是非，然后定改革的措施。
——钱玄同给儿子钱三强的话

每年都为弱势群体爱心募捐。

成媛媛的大女儿现在是国外一家知名品牌的设计师，曾主动参与为盲人读小说的公益录制。然仓寺之行，成媛媛特地带上她一起去。小女儿还在读小学，8岁时曾与成媛媛一同举办公益画展。每到过节，她都会跟着母亲去儿童福利院，把自己的玩具和食物分享给那里的孩子。

2016年，成媛媛家庭荣获"全国最美家庭"称号。

人，生当有品：如哲、如仁、如义、如智、如忠、如悌、如孝。吾儿此次西行，非其夙志，当青青然而归，灿灿然而返。
——钱均夫给儿子钱学森的临别赠言

媒体聚焦

| 媒体聚焦 |

一个普通家庭的雷锋精神传承史
——记呼秀珍和她的"雷锋家庭"

中国妇女报 2012年4月18日 （记者 党柏峰 王长路）

在陕西咸阳有这样一个普通家庭，"雷锋精神"在这一家三代间，代代传承——

敬业为先

大女儿郭巧说："呼家每个人都珍爱自己职业的作风，正是从母亲那儿学来的。"

一本本教案，按着年代顺序，静静地放在桌上。

每一本教案的扉页，无一例外地写着一小段话。

那是呼秀珍已持续40多年的习惯。

在开始准备一堂课之前，她总要写下一段自勉的话，提醒身为教师的自己，不可慢待了每一位学生。其中的一段，极富诗意："如果我有一棵快乐草，我会给你，希望你快乐！如果我有两棵，就你一棵我一棵，我们都快乐！如果有三棵，我会给你两棵，因为我希望你比我更快乐！"

然后，呼秀珍才开始在教案里工工整整地写下如何将一个个教学目标，转化为课堂上传授给学生的知识……

教案无声，却透着一位教师对职业的热爱。

1965年，呼秀珍来到陕西陇县铁路小学，成为一名小学临时代课教师。这个本来一心要"像父亲那样进部队"的21岁女孩，带着点不情愿开始"弃武从文"。很快，1966年，已是教育系统标兵的她，"升级"为中学教师。只是，接下来的路，并不如呼秀珍当初想得那么美好。

那年开始的那场浩劫，迅速席卷到了呼家，一下子，呼秀珍从被大家羡慕的"红色后代"一落千丈——父亲突然去世、全家被抄、扫地出门，生活没有着落。

年轻的女教师拭去眼泪后，暗暗下定了决心："一定要争气，要让父亲知道，女儿不会给他丢脸，我一定会成为一名优秀的人民教师。"

直到今天，赵扬帆，这位呼秀珍10年前教过的学生，还能脱口而出老师当年教给他们的"顺口溜学习法"："老舍原名舒庆春，字是舍予北京人，著名作家作品多，骆驼祥子茶馆等。"

据说，当初呼秀珍的学生在考试时，总会在某个时段开始口中念念有词，紧接着便是"下笔如有神"，开始行云流水般地答题。

可学生们当时并不知道，那一条条不超过30个字的顺口溜，为了使其中蕴含的信息更丰富，呼老师要查阅多少资料，要修改多少次。47年的教学生涯，呼秀珍给自己定下了一条规矩——认真备好每一节课，认真上好每一节课，认真批改每一本作业，认真对待教学中出现的每一个问题。

呼老师的学生，大多都有这样的记忆——在一篇新课文准备开授前，老师成了"导演"，学生成了"演员"。

"我总想着，学生们能在一个合适的意境中去体会一篇好文章。"呼秀珍说。

在讲授《周总理，你在哪里》课文时，学生们走入教室时惊讶地发现，

不朽者，永生、永存也。我的儿子应该将做"三不朽"之人当作自己读书做人的目标。——邓以蛰告诉儿子邓稼先的话

讲台上已放着白花，窗棂上还缠着黑纱，在低回的哀乐中，呼老师开始声情并茂地讲课。她如此精心设计的目的只有一个，能够让学生在这样的氛围中，被周总理为人民呕心沥血、鞠躬尽瘁的高尚品德而深深感动。

呼秀珍就是这样别出心裁地设计每一节课，将思想性、知识性、艺术性、创造性融为一体，形成独特的教学风格。难怪一些学生说，呼老师的语文课是快乐的语文课，而快乐的语文课收获的不仅是好成绩，更重要的是他们综合素质的提高。

这或许正是语文教育的真谛之一。

对教育事业的认真，也让呼秀珍在做班主任的工作中硕果累累。在道北中学连续当班主任的27年中，她带的班也连续27次被评为优秀班、文明班。为了架起学校与家庭沟通的桥梁，她在1988年还创办了《好家长》简报。她亲手排版、撰写内容，8开纸大的简报上，有学生在校情况、班内简讯、家长的建议……简报每两周一期，呼秀珍坚持做了整整16年，编辑了200多期，印发了一万多张。

至今，女儿郭巧与郭灵还清晰地记得，有多少次，妈妈去家访，手里牵一个、背上背一个，一家家地走，不落一户。"有时我和妹妹在学生家里累得都睡着了。"郭巧说。

每当提起呼老师，学生郑鹏都会情不自禁地说："没有呼老师就没有现在的我！她像指路明灯，照亮我前进的方向。"

刚升入初中时，郑鹏的成绩一直上不去，在初一第一学期的期中考试后，他因为没有达到自己的学习目标而十分沮丧。呼秀珍和他一起分析原因，帮助他重新调整学习计划，改进学习方法。在呼老师帮助下找到自己失利的症结后，郑鹏立下誓言："老师，您放心，就是爬我也要爬到前20名。"没有想到呼秀珍将他这句话称为"郑鹏精神"，号召全班同学向他学习，还亲自写了六篇评论。郑鹏的同班同学彭程说："这六篇评论写得太好了，不仅鼓励了郑鹏，更鞭策了大家，我们都暗下决心，要和郑鹏比谁进步快。"2005 年，郑鹏以 582 分被陕西科技大学录取，大学毕业后又赴悉尼大学读研。

在呼秀珍的理解里，老师必须尊重每一名学生，"哪怕是一个手势、一句'请这位同学回答'，都是在向学生传递着尊重和信心"。

多年后，呼秀珍在自己的日记中写道："岁月匆匆我匆匆，教书育人乐其中。春蚕到死丝方尽，师道漫漫献终生。"

说起自己在道北中学第一次上课，赵扬帆毫不讳言："大多是凭着回忆，模仿当年呼老师是如何上课的。"

虽然这位 29 岁的老师教的是数学："可我知道，如何提高对课堂的掌控力，本质上是一样的。"

怎么才能让学校的年轻教师，都能掌握呼老师的那些"绝活"，使薪火得以相传呢？1999 年，由于教学上的突出贡献，呼秀珍被破例推迟三年退休。三年后，学校又返聘了她。呼秀珍依然风风火火，还像过去一样，按时上下班，哪里需要，就会出现在哪里。

刚到学校那一年，学校点名让青年教师董艳担任班主任："我一下就蒙了！愁得寝食难安。"此外，她还得面对家长们带点怀疑的眼神，压力更大了。

呼秀珍对学校领导说："可以告诉家长们，这个班，是由呼秀珍和董艳共同担任班主任。"

从给学生讲话、动员、开班会做起，一次手把手的传帮带，由此开始。

当时正值学校组织冬季越野赛，呼秀珍说，这是展示班级风貌、历练班主任素质的绝好机会。于是，她让董艳和同学们一块苦练，共同制订参赛方案。比赛前还组织参赛同学一块宣誓,铿锵的誓词,让全班同学热血沸腾。

在取得团体第一的成绩后,董艳和同学们一块忘情地喊着,跳着。就是那一刻,董艳说,她感到,师生已经完完全全融在了一起,自己,也已找到了带好一个班的窍门。

如今,让呼秀珍定期给青年教师传授经验、答疑解惑,已经成为道北中学的"保留项目"。

呼秀珍不仅传帮带工作做得好,围绕学校教学中心工作,还架起了家长和学校沟通的桥梁。

2002年,在呼秀珍的建议下,道北中学成立了"家长学校",由她担任老师。呼秀珍每次讲课,下面总是坐得满满的,连外校的家长也"混"了进来。

学生家长周强每次听课,都会带着妻子一起来,厚厚的笔记本上记满了教育孩子的经验。他说:"家长学校教学内容具有针对性和实用性,呼老师教会了我们怎样去爱孩子、怎样去管孩子。以前总是望子成龙,可现在我觉得孩子健康快乐地成长更加重要。如果我的孩子成不了大树,就让他成为一株小草,给春天带来一抹绿色吧!"

呼秀珍最珍爱的,就是自己作为人民教师的身份。

女儿郭巧说,呼家每个人都珍爱自己职业的作风,正是从母亲那儿学来的。

47年来,呼秀珍依然保持着自己的习惯,早早去学校签到。如今,已退休多年的她,最佳状态仍然是走进教室,微微一笑,说出"同学们,现在开始上课"的时候。

家教为本

呼秀珍教育女儿:"做人应光明磊落,待人应真诚热情,工作应一丝不苟。"

呼秀珍一家三代人的履历，印证着呼秀珍口中的"普通"——呼秀珍，教师；丈夫郭士成，退休工人；大女儿郭巧，民警；大女婿岳刚库，民警；外孙女岳亮，小学生；小女儿郭灵，军人；小女婿林仲武，军人……

普通，却并不简单。

这一家人的职业，以及爱较真的个性，使他们都不喜欢任何过度的溢美之词。呼秀珍一家现在接受采访，已渐渐褪去之前的紧张，他们似乎已经明白，为啥"我一个普通人、一个普通家庭会让大家这么关注"？

中共咸阳市委书记千军昌，早已熟知呼秀珍和她的家庭，他对呼家给出的评语是："可亲、可敬、可学、可爱。"

68岁的呼秀珍说，希望自己这一家子的经历，能让更多同样普通的人感受到一缕阳光——只要努力和勤奋，即使出身、资质都很平常的人，也能做成大事，也可以凭自己的能力帮助他人、服务社会。

努力、勤奋、爱岗敬业，在呼秀珍一家人都用雷锋的精神要求自己时，呼家也渐渐有了自己的精神传承史。

在很长一段时间里，小女儿郭灵都无法理解母亲的忘我付出。

在小女孩的心里，一直有三个念想：一是希望自己生病时由妈妈带着去一次医院；二是希望妈妈参加一次家长会；三是希望自己当兵那天妈妈去车站送送。

这些看上去都是"举手之劳"，"但这三个愿望，一个也没有实现，都是因为妈妈有课"。如今，已是解放军307医院政治部干事的郭灵少校说，"小时候，我觉得自己过得很不幸福"。总觉得妈妈给她的爱太少，爱都给了学生和工作；妈妈给她的关心太少，妈妈的心也都给了学生和工作。

直到成为普通一兵，郭灵才深深感受到，妈妈有多爱她。

1993年12月，带着全家人的期望，郭灵踏上从军路。

做人立志必须以国家为前提。——丘镇英教导儿子丘成桐的话呼秀珍没去送第一次出远门的小女儿，却送给郭灵一本党章，扉页上，是母亲亲手书写的一行字——"听党话，跟党走，做党的好女儿。"

一星期后，呼秀珍收到了女儿从新兵连寄来的家信。

一家人满怀欣喜地拆开信，都愣住了，郭灵满篇写的都是想家、训练的艰苦、紧张、不适应。

此后，她几乎每天一封信，三番五次让父母把她接回家。

向来疼小女儿的郭士成，几次想起身去火车站，呼秀珍赶紧让郭巧拦住父亲，这位还承担着繁重教学任务的语文老师决定，每天晚上批改完作业后，给自己加一项"责任"——给女儿写信。

当畏惧长跑的郭灵面对3千米武装越野时，母亲鼓励她："军训对于你来说，是吃苦，也是磨炼，如果这一关你能过去，今后人生路上还有什么沟沟坎坎过不去呢？"

可喜的是，一封封家书，让一个17岁的女学生，越来越接近"兵"的要求。

郭灵给母亲寄来了穿军装的照片，呼秀珍会立刻回信："你寄来的照片，爸妈不知看了多少遍，一个从小贪吃贪睡的娇孩子，如今成了英姿飒爽的女兵，这其中要吃的苦是可以想象的。照片照得非常好，而且是那么珍贵，它浸透着你的汗水和坚忍不拔的毅力，记录着你军训的日日夜夜，战胜艰难困苦的人是高尚和美丽的，我的女儿就是高尚和美丽的！"

"我妈就是这样，帮我们总帮在关键处。"比起少小离家的妹妹，37岁的郭巧在父母身边更久，更明白那份有些内敛的母爱。

1997年，咸阳市秦都公安分局组织全局业务大比武，其中包括知识竞赛和民意调查两项内容。渭阳西路派出所让郭巧参加这次比武。

白天，郭巧的户籍室工作特别忙，根本没时间准备竞赛题。晚上，她加班到10点以后，再骑着自行车回家来背题。厚厚的一本题，她一道一道

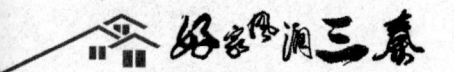

地背，每晚只睡四五个小时。呼秀珍知道自己帮不上什么忙，就在一旁看书、看报、剪报，陪着她，给她一点精神上的鼓励。郭巧的努力，使她获得了这次比武的总分第一名。

一个星期五晚上，郭巧给家里打电话，说派出所第二天上午要去慰问贫困户，让干警们捐衣物，而她晚上加班忙得回不来。当时，呼秀珍在电话里告诉她，让她安心加班，明天一早就会和她爸把捐的衣物给她送去。

呼秀珍连夜找出十几件过冬的衣服和一床棉被。第二天清晨，和老伴儿打着伞，冒雨乘公交车，深一脚浅一脚地走过一段泥泞的路。衣服送到郭巧手里时，老两口的衣服都已被浇透，但捐的衣物却一点儿没湿。

呼秀珍说："我深深体会到，父母对孩子的爱有千万种，但最终起作用的，不只是你的语言，而是你的表率。"

由于长年累月地忙工作和经济条件的限制，呼秀珍家的日子，一直过得比较简单、随便、俭朴。

呼秀珍有些意外，这样简单的生活，反而使女儿们养成了许多良好的习惯。比如，不论学习还是做事，都能坐得住、不浮躁；对生活的要求也不高，吃饱就行……

不过在思想上，呼秀珍对女儿的要求就很严格。从小她就教育女儿："做人应光明磊落，待人应真诚热情，工作应一丝不苟。"

1994年，郭巧从陕西省警察学校毕业分配到咸阳市公安局秦都分局渭阳西路派出所，任户籍内勤。呼秀珍一遍遍叮咛她："户籍工作政策性很强，不能办的事坚决不办，但要和和气气给别人讲清楚，这事为啥不能办。好话暖人心，群众会理解的。另外，户籍工作是一个窗口岗位，天天和群众打交道，千万不能慢待任何一个来办户口的人。"

呼秀珍告诉郭巧，要打心眼儿里把他们当作亲人一样看待，"你就当他们是你的姨姨、舅舅,是你的兄弟姐妹"。

女儿很听话,在工作中一直很努力地去做。如今,在咸阳,吴家堡派出所教导员郭巧的知名度并不亚于自己的母亲。

一双女儿,都有了在各自系统被全面推广、以她们名字命名的工作法,成为行业标杆。

郭巧至今记得,小时候记不清有多少个夜晚,和妹妹睡得迷迷糊糊,从梦中醒来的时候,还看到妈妈在灯下备课或是批改作业,"我们看到的都是我妈的背影,就和电影中的场景一样,这个背影,深深印刻在了我和妹妹的脑海里"。

其实,那个爱岗敬业、对事认真的背影,也早已被一家人刻进了心中,并付诸行动。

儿女们都理解已年近七旬的母亲。在这个"普通"的家庭里,雷锋精神的基因,一直在默默地代代相传。

助人为乐

小女儿郭灵说:"是妈妈的大爱精神塑造了我们,所有坚持的过程就是妈妈鼓励的过程。"

呼秀珍爱学生,有口皆碑。

李鹏患有先天性视神经萎缩,一只眼睛的视力只有0.1。

"有谁愿意给这位新同学让一下座位?"第一排的八个学生齐刷刷站了起来。

"咱们建一个帮学小组,帮李鹏抄大字体的课堂笔记。"孩子们又是齐刷刷举手。

一次,看到报纸上介绍治疗视神经的最新信息,呼秀珍赶紧联系李鹏家人,推荐治疗。

真就是真,虚就是虚,不必刻意隐瞒或表现,作画是这样,做人也是这样。——徐悲鸿告诫子女的话三年时间，一摞摞抄写整齐的笔记堆满了书桌，一个个身残志坚的励志故事萦绕在孩子们的心头。

2012年春节，鹅毛大雪中，李鹏敲开了呼秀珍的家门："老师，我结婚了，来给您磕个头。"李鹏径直跪下，重重地磕了一个头。

"快起来！孩子，真不敢！"那一刻，呼秀珍热泪夺眶而出。她说，她付出了一点点，收获却那么多。

孩子们需要关爱，更渴望理解。

2006年11月，学校成立心理健康咨询室，呼秀珍又主动承担了这份工作。

"我60多岁了，是你们的奶奶，我保证，咱们之间的秘密，不给家长、班主任、同学说，你们课间休息、放学后大事小事都可以来找我。"

"老师，我想把爸妈买的练习册做完，可做不完，该怎么办？"诚诚难过地哭诉。

"你是个孝顺的好孩子，多善解人意呀。努力了，爸妈就会理解的。"

"不比吃穿比学习，不比基础比进步，不比天分比勤奋，不比一时比坚持。"呼秀珍这样鼓励孩子。

一名学生为即将到来的高考而焦虑。

"孩子，如果光想着考试，分数和名次会把你压垮，只要你送走的每一个黄昏问心无愧，你迎来的每一个清晨都会充满希望。"呼秀珍说。

一个高中学生因早恋而苦恼。

呼秀珍开导他，青春期朦胧的恋情是正常的，但正常的不一定就是正确的。影视爱情是哈哈镜，不是教科书，理智驾驭，不沉溺，才能自拔。

作为曾经与雷锋同时代的人，呼秀珍不只是简单地去实践"螺丝钉"精神，而是会带动家人们，一起去主动寻觅——自己这颗社会的"螺丝钉"，还能在哪儿发挥作用。

干艺术是苦事，喜欢养尊处优不行。古来多少有成就的文化人都是穷出身，怕苦，是出不来的。——李苦禅告诉儿子李燕的话

| 媒体聚焦 |

郭巧在工作中遇到困难或危险就冲在前面的精神，已让干警们佩服，而同事家有了困难，她就出手帮助，更让大家感动不已。一场突如其来的横祸让张干警家里陷入困境，是郭巧拿出5000元钱解了燃眉之急；王干警的爱人没了工作，是郭巧联系办事处，让王干警的爱人再端上"饭碗"……

一桩桩，一件件，谁能不爱这个充满爱心的女教导员？

对自己的同事这样，对辖区有困难的群众，郭巧亦是如此。

不过，在带领所里干警义务为辖区群众提供帮助的过程中，郭巧越来越觉得，一个派出所的力量，总有些单薄。

一次，眼瞧着一位老人需要帮助修水管，可干警没人会修，郭巧可着急了。

怎么才能在群众遇到困难时，有求必应？

2009年重阳节前，"志愿者服务队"在咸阳市吴家堡派出所正式成立。这是在郭巧的倡议下，由社会各行各业的志愿者自发组成的。如今，服务队队员已有150余名。

队员们以服务全所辖区160余户孤寡、空巢老人，孤残人员，留守儿童，服刑人员子女，困难军烈属等困难群众为主要职责，"借助社会力量，警民携手，传承爱心，传递温暖，共同创造幸福和谐"。郭巧总结道。

咸阳市中药站的白咸林，孤身一人，下半身瘫痪，生活无法自理，每月仅靠100余元低保艰难度日。郭巧和志愿者们走进了他的家，为他送去米、面、油和慰问金。

此后，志愿者每个周末都到他家里帮着打扫卫生、洗衣做饭、推他出去散步，逢年过节，白大哥的家里更是充满了欢声笑语。

在陕西，农历二月二，民间有"理发去旧"的风俗，据说在这一天理发能够带来一年的好运。去年二月二，郭巧正在外地出差，突然想到白大

第一，做人；第二，做艺术家；第三，做音乐家；最后，做钢琴家。
——傅雷给儿子傅聪的临别赠言

哥行动不便,没法出去理发,就急忙打电话,让志愿者们上门帮他理发。

白咸林说:"郭巧让我感受到了温暖与快乐,感受到了浓浓的亲情与关爱。"在郭巧和志愿者们的感染下,白咸林决定,将来离开人世时,要把眼角膜捐献出来,点亮别人的生活。"我要用自己的行动来感谢这个社会、感谢郭巧!"

多年的为民坚守,郭巧也收获了助人带来的快乐。

她忘不了,70多岁的王淑芬老人,专程送来"二月二"自己炒的馍豆;

她忘不了,60多岁腿有疾病的郝改珍阿姨一瘸一拐,和儿子给她抬来一麻袋自家种的西瓜;

她忘不了,自己照顾过的孤寡老人李莲琴奶奶,拄着拐杖一步步从南安村走到派出所,就为送来她最喜爱的那张满头银发、满脸皱纹的照片……

"是妈妈的大爱精神塑造了我们,所有坚持的过程就是妈妈鼓励的过程。"小女儿郭灵说。

郭灵刚分配到解放军307医院时,呼秀珍在写给她的信中说:"手,是听心使唤的,护士的心是天使的心。你热情的笑脸是春风中的白云,你温柔的双手是美丽的白鸽,送去的是真情,托起的是希望。"

住在22床的病人赵园,身患肺癌,加之家境贫寒,整天愁眉不展。

护理中,郭灵留了心。

一天,病房里响起了充满情感的朗诵:生命如花篮,面对一次次刺入心灵的痛,我们权且把它当成是上帝的一次考验吧,让苦难成为生活的插曲……

听着听着,躺在病床上、一直盯着天花板的赵园,两行热泪缓缓地流满了双颊。"我想吃饭!"他开了口。

这篇《生命如花篮》的文章,是郭灵特意从报刊上剪下来读给他听的。

没什么该不该,喜欢什么就学什么,喜欢就是自己的兴之所在,就是自己最相宜的。——杨荫杭告诉女儿杨绛的话

| 媒体聚焦 |

郭灵还把《癌症病人饮食指南》等文章一一剪贴好,反复给他读,给他讲。

看到在一旁护理的赵园的妻子大冬天还穿着破旧单薄的衣衫,郭灵就把一件新毛衣塞在她手里:"大姐,穿暖和了,大哥治病也安心。"

出院那天,面色红润的赵园和妻子紧紧地拉着郭灵的手:"妹子,你心灵手巧,真是个好人。"

郭巧记得,听力不大好的父亲郭士成,每每听她说起又要去谁家慰问时,会干脆地摆摆手,不等女儿说完,就指着家里笑着说:"你看看,家里有啥东西帮得上,你就拿去给人家,别误了事。"

在这个家庭中,今年11岁、正读小学五年级的岳亮,也已经知道怎样关心人、帮助人,如何去爱人。

当看到同学为一道数学题发愁时,她会主动去帮助解答;当看见老大爷、老奶奶、盲人过马路时,她会跑上前,搀扶着他们,小心翼翼地走过斑马线……

问她为啥会这样,这个从小学一年级开始就年年获得"三好学生"称号的孩子稚气地回答:"我要像姥姥和妈妈那样,尽量给别人提供一些帮助!"

雷锋的"螺丝钉"精神,在这一家三代人间,用爱的方式升华,代代传承。

凡人总以立身为贵,学问尚是其次。不得因富贵而骄矜,因贫困而屈节。
——章太炎遗嘱

评论一：弘扬雷锋精神的家庭式标杆

中国妇女报　2012年4月18日　（评论员　舟子）

　　雷锋精神具有历久弥新的价值，而延续这种价值的是一代又一代人的创新实践。呼秀珍和她的"雷锋家庭"，三代人薪火相传，对雷锋精神进行了富有家庭特色的传承和发扬，无愧为新时期弘扬雷锋精神的典范之家。

　　雷锋在浓缩的青春里创造了一种伟大的品格，雷锋的同龄人呼秀珍在更长的岁月里，践行雷锋精神并把它传给了后来人。一个小家庭，三代学雷锋。由小我而大我，从小爱至大爱——爱家厚德、爱群助人、爱岗敬业、爱国奉献。如果说呼秀珍一家传承雷锋精神有什么遗传密码的话，这样的诠释也许可以告诉我们一些逻辑脉络。这个"雷锋家庭"朴实无华而又意义非凡的行动，就是雷锋精神在今天的现实闪光。

　　爱家厚德使这个家庭拥有了传承雷锋精神的深厚道德基础，雷锋精神的传承也平添了家庭成员的人伦之乐。家庭是成长的摇篮，对于人的思想道德和精神气质的形成，有着不可替代的作用。在呼秀珍夫妇的教育、示范和引领下，家人之间团结和睦、互助互励、崇德尚义，不仅使家庭生活充满了浓浓的温情和友爱,也营造出积极、健康、向上的优秀家风,为每一个家庭成员的茁壮成长提供了良好的环境。

爱群助人使这个家庭肩负起践行雷锋精神的社会责任,也使每一个家庭成员拥有了人生的大爱情怀。呼秀珍和她的"雷锋家庭"把亲人之爱延展到社会大家庭。呼秀珍献身三尺讲台,视学生为自己的孩子,为教育事业殚精竭虑、呕心沥血。在她的言传身教下,郭巧、郭灵姐妹心系群众、情牵病人,倾尽了自己的智慧和努力……助人为乐、无私奉献,把人生融入为群众做好事、为社会送服务之中,唱响了一曲感人肺腑的大爱之歌。

爱岗敬业使这个家庭的每位成员找到了实践雷锋精神的职业平台,成为呼秀珍一家学雷锋的突出特点和亮点。在各自不同的岗位上,多位家庭成员创造出了独具特色的工作方法:"呼秀珍教学法""郭巧工作法""郭灵护理法"……在平凡的岗位上谱写了不平凡的职业之歌。家庭中先后有五人获得省部级劳模和先进工作者荣誉称号,这绝不是偶然的,是源自雷锋精神的共同价值观,引领他们走上追求卓越、成就人生的阳光大道。

爱国奉献是这个家庭一以贯之践行雷锋精神的目标指向和境界升华,也使爱家、爱群、爱岗具有了更坚实的土壤和更持久的动力。从 20 世纪 50 年代开始持续至今,不管时光怎样变幻、世界怎么改变,呼秀珍和她的"雷锋家庭"爱家厚德、爱群助人的好人情怀不变,爱岗敬业、爱国奉献的"螺丝钉"精神不变。不变是因为忠诚,不变是因为信念,而这正是雷锋精神的内核。

中华民族自古就有"家国"同构的观念。没有来自家庭的正面能量的滋养,就不可能培养出健全的心智与人格,而整个国家和社会的进步发展、和谐安定也就无从谈起。和谐家庭养育和谐儿女，和谐儿女创造和谐社会。呼秀珍和她的"雷锋家庭"正是修身于内而践行于外的典范。这个"雷锋家庭"的事迹，凝结着传统美德和时代新风，闪烁着社会主义核心价值体系的光芒，具有引领人们向上向善的强大推力，为新的历史条件下学习、弘扬雷锋精神提供了家庭式的标杆。

呼秀珍和她的"雷锋家庭"给我们树立了榜样，让我们用雷锋精神点亮每个心灵，照亮每个家庭，荣耀每个岗位，闪亮这个时代。

| 媒体聚焦 |

评论二：幸福在雷锋精神里

中国妇女报　2012年4月18日　（评论员　舟子）

　　幸福在哪里？人生的意义是什么？呼秀珍老师和她的"雷锋家庭"给了我们一个答案。

　　"如果说人生是一条河，我愿做条爱河，流到哪就把爱心带到哪；如果说人生是一首歌，我谱写的是一首平凡之歌。没有轰轰烈烈，也没有惊天动地，所做的一切都是该做的！"呼秀珍老师及其家人对事业的执着和对他人的奉献，使这个家庭誉满三秦。

　　呼秀珍爱对她的女儿们说的一句话是："我是一个普通人，只是做了一些平凡的事，社会却给了我们这么多的认同和赞誉。"我们谁不是一个平凡人呢？我们出生时两手空空来到这个世上，一无所有，平凡、无名，但是不同的人生过程赋予了各自人生不同的价值，而人生态度和这个过程中的内容是可以选择的。只要你有一种积极向上的人生态度，愿意选择爱岗敬业，以助人为幸福，你的人生便也有了光芒，可以创造出属于自己的美丽人生。

　　"因为爱着你的爱，因为梦着你的梦，所以悲伤着你的悲伤，幸福着你的幸福……"呼秀珍和她的"雷锋家庭"以一种感同身受的凡人善举，在家庭中传承雷锋精神，也增进了整个社会的幸福指数。走进这个家庭，你会为他们的爱岗敬业、助人为乐所打动，也能领会到雷锋精神其实从未走远，而是就在我们身边，穿越时空，在代际间传承，在不同的岗位和地域间闪耀。

这个家庭里不可不提的还有一位"老黄牛"——呼秀珍老师的老伴，"雷锋家庭"的功劳簿上不能没有他的一份。寡言、听力欠佳的他提到妻子只有一句话："她不容易。"而对自己的"不容易"他只字不提。他是这个家的好后勤：她们忙于工作，他照料着她们，给她们做饭，送去关怀和体贴，无言而深情。因为这样，社会就会有更多的人享受到她们带去的温暖。

"能工作是幸福，做奉献是天职。我每天怀着无比感恩的心，认认真真培育每一个学生、讲好每一节课。"呼秀珍一家三代人，以雷锋为榜样，以家庭为纽带，以岗位为载体，爱岗敬业、无私奉献、创新进取，实现了中华传统美德跨越时空的精神对接，体现了社会公德、职业道德、家庭美德和个人品德的有机统一。

马克思说："每个人是手段同时又是目的，而只有成为他人的手段才能达到自己的目的，并且只有达到自己的目的才能成为他人的手段——这种相互关联是一个必然的事实。"呼秀珍老师和她的"雷锋家庭"令我们看到了这种关联：当你把个人的追求和幸福融入别人的需要和幸福里，你也便感受、实现了自己人生的幸福。

"我们每个人都有两只手，应当一只手接受爱，一只手付出爱。"呼秀珍老师和她的"雷锋家庭"的成员间通过互相联系、互相帮助，互相影响、互相作用、互相推动，使人感到雷锋精神的影响力具有深远的整体性、时代性、传承性。家庭是社会的细胞，社会就是一个大家庭。雷锋精神在一个小家庭中可以蔚然成风、代代相传，在一个大家庭中的蔚然成风、代代相传也是必然。呼秀珍老师和她的"雷锋家庭"用平实而又不平凡的行动告诉我们：爱岗敬业、助人为乐的人生可以很幸福，而不管能力大小、起点高低，只要有雷锋精神，你就可以是一个不平凡的人，一个有爱心的人，一个受人景仰的人，一个大写的人。而成为这样的人不正是我们正在追寻的吗？我们或多或少都有过这样的梦，尽管有时我们不曾说出来。呼秀珍老师和她的"雷锋家庭"用平实而又不平凡的行动告诉我们：梦想一直就在你我身边！

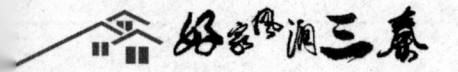

家风是一家之魂

中国妇女报　2014年2月11日　（记者　党柏峰）

70岁的呼秀珍，是陕西省咸阳市道北中学一名退休教师，至今仍受聘于学校，工作在教育教学第一线。她的家庭在咸阳市家喻户晓。这个家庭成员有夫妻、母女、姊妹、妯娌、连襟。他们中八人是党员，五人在各自岗位上先后荣获省部级劳模和先进工作者称号；母女二人双双荣获"三秦巾帼十杰"荣誉称号。这个家庭有一个响亮的名字——呼秀珍"雷锋式家庭"。

2月10日，大雪初霁。在咸阳市道北中学寂静的校园里，记者再次见到了呼妈妈。简陋的办公室里，她正在认真地回复一封家长来信。

"人将共产党比太阳，我就是太阳的一缕光，我要用自己的行动，把太阳的温暖送到每一个人心上。"这是呼秀珍老师用于自勉的一句话，也是她长期以来教育子女的一句话。她告诉记者，古往今来，凡成大事者，无不有着良好家风的熏陶，因为高尚的家风对一个人的成长起着举足轻重的作用，很大程度上决定着一个人事业的成败。

呼秀珍是陕西延川人，从小她就受到老父亲对党忠诚和对事业热爱的

傲不可长，欲不可纵，志不可满，乐不可极；动莫若敬，居莫若俭，德莫若让，事莫若咨。——党家村门庭家训

| 媒体聚焦 |

熏陶，良好的家风让她和弟弟妹妹们很早就对同时代的雷锋无比崇敬。半个世纪以来，雷锋事迹已成为他们的行为坐标，雷锋精神已内化为他们的人生追求和自觉行动。和睦博爱、无私付出成为其淳厚的家风。

呼秀珍的家庭是一个普通家庭。丈夫是退休工人，大女儿和女婿是人民警察，小女儿和女婿是军人，两个外孙女一个上初一，一个上幼儿园。除了孩子，全家都是共产党员。受呼秀珍影响，一家人干一行、爱一行、专一行、精一行。人人岗位做奉献，爱心暖社会，服务人民，助人为乐。

"从教至今49年，我没有请过一天病事假，没有耽误过学生一节课，没有放弃过一个'调皮'学生，没有收过学生一分钱的补课费。"连续当班主任27年，呼秀珍所带班级连续27年均被评为优秀班和文明班。半个世纪里，她认认真真教书，全心全意育人，先后荣获人事部、教育部颁发的"人民教师奖章"、全国教育系统劳动模范、陕西省劳动模范、道德模范等40余项表彰，其"雷锋式家庭"荣获全国五好文明家庭标兵称号。

呼秀珍说，国有国魂，家有家风，家风是一家之魂，家风正，才能促进民风纯、政风清。长期以来，她始终以雷锋为榜样，以身作则、自觉实践，也经常教育子女"做人应光明磊落，待人应真诚热情，工作应一丝不苟"，使"爱岗敬业、助人为乐、严于律己、奉献社会"的雷锋精神在其家庭中得以传承。

二女儿郭灵踏上从军路，她郑重地送给女儿一本《党章》，并在扉页上写下了"听党话，跟党走，做党的好女儿"。女儿从军六年多，她一周一封家书，共寄去了300多封鼓励女儿成长。

大女儿郭巧刚成为一名户籍民警时，呼妈妈就叮咛女儿："户籍工作政策性很强，不能办的事坚决不办，但要和和气气给别人讲清楚，这事为啥不能办……千万不能慢待任何一个来办户口的人。"在母亲的影响下，

薄味养气，去怒养性。处抑养生，守清养道。——党家村门庭家训

郭巧摸索创造出了"三亲""四一""五不让"和"六个心"的户政窗口服务法,后被陕西省公安厅命名为"郭巧工作法",并在全省推广。

"家风是凝聚家庭的核心价值观,是引领一个家庭积极向上的精神源泉,一个好家风就是有爱心,施恩不图回报,懂感恩,受恩定要回报。"这就是呼秀珍老人的治家理念和淳朴家风。她的家风之魂就是雷锋精神。如今在呼秀珍的影响下,大女婿忠于职守,获得"陕西省交警系统优秀民警"称号,小女婿科研业绩突出,两次荣立三等功;弟弟呼兰中荣获陕西省劳动模范,弟媳苗淑梅荣获纺织部表彰的"优秀设计工作者";两个小外孙女也在生活的点点滴滴中学习帮助别人。

"我被评为第四届全国道德模范提名奖,受到了习近平总书记的亲切会见,激动的心情难以言表。我决心继续学雷锋,树家风,弘扬真善美,传递正能量,用道德的力量温暖人心。"

从呼秀珍无私、真挚的话语中,可以看到共产党人的高尚情操和先进本色,也读懂了家风的内涵所在:在各自平凡的岗位上默默奉献,以卓然的人格魅力感染人、启迪人、激励人,用朴素的情怀在人们心中树起道德情操的标尺和鲜明的时代精神丰碑。

贫穷宜固守,富贵莫兴狂;勤俭立身本,谦和处世方。
——党家村门庭家训

| 媒体聚焦 |

范秀莲家庭：
退休夫妇自编家庭刊物

中国妇女报　2014年4月9日　（口述　范秀莲　记者　党柏峰）

最美家语

"退休只是人生角色的又一次转换，我们返回农村，孩子们灿烂的笑容、群众的赞誉，是对我们最大的回报。"

我今年64岁，2002年退休后，我陪老伴一起告别了休闲舒适的城市生活，回到了故乡鲁桥镇东里西村定居。

我至今还记得，18年前的1996年5月19日是个星期天。我从报纸上看到无臂大学生姚伟"身无双飞翼，心有凌云志"的事迹报道后，深受感动。当天，我和老伴带上当时读高二的儿子，赶到西安统计学院拜访了姚伟；2011年正月初六，又带着当时读高二，也是17岁的外孙及女儿、女婿一行六人到西安再次拜访了姚伟。

榜样的力量是无穷的。在姚伟精神的激励下，儿子和外孙刻苦攻读，都如愿以偿地考上了理想的大学。

退休后，我将自己当年拜访姚伟时所拍摄并珍藏多年的老照片，结合拍摄的本村近年涌现出的优秀大学生，编辑制成《无肩大学生——姚伟》《东里西村走出去的第一个女博士——王男》等宣传展板，利用节假日骑上三轮车在周边村镇、机关、学校巡回展出。在村中小学生的课外活动中开展"一学、二比、三对照、四行动"活动，组织作文竞赛，激发孩子们的学习热情和立志成才的信心。12年来，我们东里西村北组，培养出博士生1人、公派留学生2人、硕士研究生4人、大专及本科32人，平均两户就有一名大学生。

"严谨、勤奋、和睦、创新"八字家风和禁止吸烟、酗酒、打牌赌博等六条家规是我家的家风。从2003年起，我和老伴雷国平自费编辑了《家音》月刊。刊物定位于家庭内部，主要面向居住和工作在西安、铜川、咸阳的儿女们发行，目的是为家庭成员之间相互学习交流，提供一个贴近家庭生活的文化平台。内容除家史回顾、人生感悟、防病与保健，以及对家风、家规、家训和家庭教育的研究总结外，重点探索和总结育才兴家、产业富家、文化强家和新时期创建"五好文明家庭"的新模式、新方法、新途径和新体会。截至去年年底，《家音》已编辑了30余期。老伴撰写的《娃娃经》还被《三原年鉴（2013）》收录。

　　人的一生有不同的生活阶段，退休只是人生角色的又一次转换。退休以来，我和老伴没有在麻将桌前消磨时光，也没有在游山赏景的闲情逸致中虚度年华，而是选择返回农村，立足基层，把"创新五好文明家庭"作为晚年生活的新起点、新追求、新目标。因为我们的辛勤付出迎来的是孩子们灿烂的笑容、群众的赞誉和组织的肯定。收获充实和欢乐，这就是对我和老伴最大的回报。

创业维艰，祖父备尝辛苦；守成非易，子孙宜戒奢华。
——党家村门庭家训

| 媒体聚焦 |

传承延安精神不会有终点
——记曹凯和他的"最美家庭"

中国妇女报　2016年5月20日

（记者　徐旭　党柏峰　见习记者　韩亚聪）

在"曹凯延安精神教育基地"，每一片纸张都有自己的使命：或承载党章党史，或书写家风家训，或是一篇篇讲稿和调研资料。

这些纸张无不凝结着陕西省安塞县88岁老人曹凯的心血。纸张铺满桌子，随处可见，而这背后的每一步却少有人知。15000余千米行程、3000余场讲座、300万人次听众、自费百万建起延安精神教育基地……这是曹凯用26年完成的延安精神传承事业。

一位革命老人的精神家园

穿城而过的206省道将安塞县城分割开来，行走在城北街道不经意间向东一瞥，立在半山坡上的"曹凯延安精神教育基地"几个大字格外醒目。这里是安塞县一个普通又特殊的庭院，也是88岁老人曹凯的精神家园。

2013年，85岁的曹凯已经义务宣讲延安精神23年，他逐渐有些力不从心。"年龄大了跑不动了，怎样不用四处奔波就能将延安精神传承下去？"看着自家无人居住的老宅，建一所固定宣讲基地的想法跳进老人的脑海。

想到就做。曹凯先后召开了三次家庭会议进行讨论，并拿出自己多年

在少壮之时，要知老年人的心酸；当旁观之境，要知局内人的景况；处富贵之地，要知贫贱人的苦恼；居安乐之场，要知患难人的痛痒。
　　——党家村门庭家训

来省吃俭用攒下来的 60 多万元，加上三个儿子凑的 30 万元，把一个荒芜的小院变成延安精神的义务宣讲基地，并将其命名为"曹凯延安精神教育基地"。

教育基地内的二层小楼共分五个展室，主要宣传展示毛泽东、周恩来、朱德、刘志丹、谢子长、习仲勋等老一辈无产阶级革命家的风采。

每天一早，曹凯都会沿着墙外弯曲的坡路走进小院，在这里读书看报，了解党和国家的最新时事和政策，也等待着一批批参观学习者的到来。

曹凯喜欢给来访的人讲解延安精神和革命先辈的成长史。曹凯的大儿子曹生章说，那是父亲最开心的时候，"走路快的时候他肯定是在讲解，因为他高兴；走路慢的时候他是在思考问题，思考党的最新政策和时事"。

春华秋实，三年有成。自从"曹凯延安精神教育基地"建成以来，这里就成了众多省、市、县，甚至全国各地群众接受精神洗礼的地方。"不管是谁，不管是几个人，只要有人来，我就讲！"曹凯说。

一场没有终点的义务宣讲

追溯曹凯延安精神宣讲的起点，还要回到 20 多年以前。

出生于 1928 年的曹凯，16 岁参军，1948 年入党，曾先后担任乡长、区委书记、县委宣传部长等职务。

一路走来，他见证了新中国的一步步崛起，也将延安精神溶入自己的血液中。"那时候，我们在战场上拼杀，誓死保卫延安，靠的就是延安精神，这是无数革命者用生命和鲜血捍卫的一种精神。"曾参加过延安保卫战的曹凯说。

1991 年，一场报告会开启了曹凯没有终点的延安精神宣讲。

当时，安塞县中学准备举办一场报告会，曹凯受邀为千余名师生讲了一堂革命传统教育课。这是他的第一次宣讲，也正是从此时开始，曹凯走

| 媒体聚焦 |

上了宣讲延安精神的漫漫征途。

此后 20 多年间，靖边、定边、横山、榆林、米脂、延安、志丹等地，都留下了一个背着大包材料、风雨无阻宣讲的身影。

一场几个小时的宣讲看似简单，背后却是曹凯 15000 千米的寻访路。

为了获得更加翔实的资料，他先后自费奔波于西安、北京、上海、山西等地，踏访革命纪念馆，走访老红军。"韶山去了三次、南昌去了三次、北京去了五次……"每每谈起这些，曹凯总会激动地比画双手。

曹凯记得，在靖边县青阳岔镇沈家塬则村，为了采访到老红军王俊帮，他没少费工夫。他拿出自己带的酒，给邻近的村民讲起了薛仁贵的故事，一直讲到深夜。王俊帮既感动又佩服，第二天就跟曹凯说了好几个小时的红军历史。

很多人听了曹凯的讲座后都有一种感觉：他的宣讲准确、生动、有感染力。这是因为，曹凯会根据中小学校、机关干部、企业职工等不同对象来撰写讲稿。"对于娃娃们，我就会用一些小故事来给他们讲伟人的成长史和为什么学习，如何学习；给机关干部讲，就通过讲革命时期伟人的优良作风告诉他们如何为官。"曹凯说。

讲稿 230 余篇、内容 240 多万字、讲座 3000 余场、听众 300 万人次……这是曹凯用 20 多年时间完成的一组惊人数字。

2009 年，曹凯被评为"全国离休老干部先进个人"，时任国家副主席兼中央党校校长的习近平对曹老的模范行为给予极大肯定，他指出："陕西省安塞县曹凯同志离休 17 年来，坚持不懈地进行政治理论、革命传统、形势政策宣讲，撰写讲稿 240 多万字，在学习实践科学发展观活动中做辅导报告 18 场。像曹凯同志这样的老干部全国各地都有许多，他们坚持活到老、学到老、改造到老、奉献到老，这种境界和追求很值得发扬光大。我们要用这些老同志的亲身经历和事迹，用新中国成立60周年特别是改革开放30年来我国发生翻天覆地变化的历史事实，激励广大离退休干部继续保持过去革命战争时期那么一股劲，那么一股革命热情，坚持把老有所养同老有所为很好地结合起来，做到生命不息、追求不止、余热生辉。"

让曹凯欣慰的是，延安精神宣讲已经开始在家庭里生根发芽。曹凯的孙子曹韬现任安塞县地方税务局纪检组长，也正是受到了爷爷的影响，他专门购买了党史的相关书籍，在单位组织了党员学党史的活动，并定期举办读书报告会。

一个四世同堂之家的家风传承

"不论时代发生多大变化，不论生活格局发生多大变化，我们都要重视家庭建设、注重家庭、注重家教、注重家风。"这是习近平总书记在2015年春节团拜会讲话中的重要内容。

在安塞，很多人都知道，曹凯重家风。"留钱不如留精神"，他给子女的爱是另一种爱。

曹凯的家庭是一个有着44口人的四世同堂之家，家庭成员中有党员13人，公职人员22人。家庭成员中不仅没有一人犯政治错误，还先后荣获中央、省、市、县及单位各类奖励200多次。这一切得益于曹凯对家风的重视。

为了使延安精神更加具体化，"曹凯延安精神教育基地"里又增加了家庭党员活动室和家风馆。这两个馆室虽都是新建，但其精神和形式却历史久远。

曹生章清楚地记得，1991年7月1日，父亲召开了家里的第一次家庭党员活动。此后，每逢节假日，曹凯都会将子女们召集到一起，考察他们对国家政策的把握，并以自己的亲身经历指导他们在工作中遇到的问题。

曹凯还要求，每隔一段时间，家里的党员必须手写一份心得体会，以此来考察他们对党和国家各个时期重点工作的认识。在家庭党员活动室内的黑板上，还张贴着今年"五一"期间家里13名党员关于"两学一做"的心得体会。

"不要干扰和刁难在职领导的工作""不要倚老卖老，向组织提无理要求"……这是悬挂在曹凯家风馆内"八个不要"中的内容。对于曹凯三儿子曹森海的爱人高海梅来说，这一条条家规不是空话。

前些年，高海梅的女儿大学毕业后，由于专业偏冷，考公务员受到了限制。她心里有一个想法：能不能通过关系找个工作。曹凯知道后，把这个口彻底堵死，并告诫全家，不允许任何人托关系走后门。"我知道他是最难以逾越的一关。"高海梅说，她现在已经理解了老人的用心良苦，也逐渐认可了这种自我奋斗的方式。

"穷其所能完成工作、解决问题；把群众和单位的事情当作自家的事情来做；邻里团结和谐；艰苦朴素、勤俭节约"……曹生章已经将父亲时常挂在嘴边的家风家训烂熟于心。"我们家里从来不会出现大矛盾，婆媳之间、妯娌之间、夫妻之间关系都很好，真的是这些家训家规潜移默化影响的结果。"

"活到老，学到老，奉献到老"是曹凯一直坚持的信念。虽然年事已高，他还在每天不断地学习，报纸、杂志、电视新闻一样不落。他现在正在学习电脑操作，想通过网络将延安精神继续延伸。

可是，他知道自己不得不考虑接班人的问题了。"我正在对三个儿子进行'考察'，标准是必须能写、能学、熟悉历史，最重要的是与时俱进。"对于父亲的考察和期待，曹生章说："我和我的家人已经准备好了。"

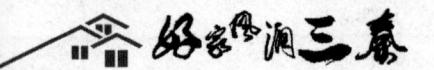

时代需要这样的家风传承

中国妇女报 （记者 徐旭 党柏峰）

这个时代，我们究竟该给子孙后代留下怎样的财富？

带领全家几十年如一日致力于延安精神的宣讲传承；拿出省吃俭用的积蓄兴办延安精神教育基地；处处以身作则，严格要求后代——88岁的曹凯老人以自己的实际行动给出了答案，他留给后人的，无疑是一笔无比珍贵的精神财富。

"留钱不如留精神"，这个道理我们并不陌生，著名的林则徐教子联说过："子孙若如我，留钱做什么？贤而多财，则损其志；子孙不如我，留钱做什么？愚而多财，益增其过。"家庭是人生的第一所学校，比起物质财富的传承，家风的传承影响着家庭成员的精神、品德及行为，对家庭成员价值观的形成有重要作用。正因为如此，不少传统的中国家庭都十分注重门楣家风、庭训家教，历史上那些戒贪戒奢的忠告、鞭策后人的家训，也成为中华民族珍贵的精神遗产。

在第十八届中央纪律检查委员会第六次全体会议上的讲话中，习近平总书记再次强调了领导干部的家风建设问题，这充分说明了培育和传承良

读书须用意，一字值千金。——《增广贤文》

好家风的重大现实意义。家风连着社风,只有家风正,方能民风淳,社稷兴。有好的家风,才能为形成崇德向善的社会风气筑牢坚实基础。在这方面,曹凯老人无疑为我们做出了榜样。时代变了,但革命战争时期的传统没变,信念没变,热情没变,用延安精神来影响后人,帮助子孙后代树正气,走正路,用信念的力量塑造符合时代要求的良好家风,让全家和睦幸福,人人爱岗敬业,这才是对后代深沉的爱。这种实实在在的精神传承,也正是这个时代所需要的。

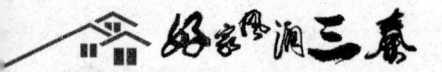

家庭奖学金
激励孩子乐学明理崇德

中国妇女报　2015年6月18日　（记者　党柏峰）

　　陕西省神木县神华路社区方正园小区一条窄窄的小巷内，年逾古稀的温治堂夫妇乐居于此。和很多中国老夫妻一样，他们也养花草、喂虫鸟，生活简单、朴素，相濡以沫。不同的是，16年前老两口给子孙们发奖学金的一次无意之举让儿媳妇贺俊花觉得新奇，她想要把这种家庭教育模式继续推行下去，就和丈夫将其完善成"家庭奖学金"制度。

　　翰墨飘香，彬彬有礼。走进这个家庭，客厅的一面墙上张贴着受奖励孩子们的信息，体现出孩子们的乐学、明理、崇德，他们个个出类拔萃，如今共有3个研究生、7个本科毕业生、5个在校本科生。2015年，这个家庭因教子有方被评为"全国最美家庭"。

　　"好男儿志在天下，英雄汉四海为家，走出家乡，到更广阔的天地去打拼。"作为"家庭奖学金"颁奖仪式的常任主持人，贺俊花的丈夫温亚洲每届会选择一个主题寄语孩子们。

　　"家庭奖学金"制度自1999年设立以来，评奖标准根据每个学生的学校表现、社会表现、家庭表现，分为综合成绩、单项奖励、获奖情况三部分，

| 媒体聚焦 |

用百分制考核。奖金分为小学、初中、高中、大学四个档次，按考核成绩分别奖励，幼儿班学生发给"希望奖"。单项奖励为：考上高中奖100元、考上大学奖1000元、考上研究生奖5000元。获奖所得分值加入综合成绩予以奖励，奖金年年兑现。

16年来，这项制度影响和激励着三代人、10个小家庭。在制度的影响下，哥哥姐姐帮弟弟妹妹、高年级帮低年级、大学生帮小学生，互帮互学，共同提高的学习氛围在这个家庭中深深扎根。"工作后拿出收入的一部分当作奖学金再奖励弟弟妹妹"这一条虽然没有被写在贺俊花"家庭奖学金"制度中，但这一规定每人都在认真遵守着。

"认认真真读书，端端正正做人"可谓这个家庭制度的初衷，铺满茶几的各种档案袋顿时让来者对这个幸福家庭羡慕不已。"认真读书的同时，一定要学会做人，努力做一个有道德、有理想、对社会有用的人。否则读书何用何为？"在温家人看来，培养孩子品行重于读书。

翻阅"第16届家庭奖学金颁奖仪式"公示档案，记者看到，获得奖励并学业有成的有孙子，有孙女，有温姓子孙，还有外姓子孙。2001年退休后，温治堂用自己的退休金设立"家庭奖学金"，"子孙们学业有成后，奖学金的资金范围来源更广，如果条件允许，会进一步将这一优良家庭传统的影响范围扩大，让更多的孩子受到鼓励。"老人说，孙子温涛也多次建议家里扩大奖励范围，惠及乡邻。

当年贺俊花怀儿子的时候住在农村，一心想吃豇豆饭，可家里没有豇豆，这事被一个邻居婆姨知道了，把碗里仅剩不多的一点豇豆送给她。后来贺俊花常说起这件事，孩子们记在心里。儿子大学毕业参加工作后，领到的第一个月工资,首先买了一袋大米,专程送到这个邻居家。这件事教育了孩子,也让孩子们学会了感恩。家里一旦吃点好的,总要给院邻送一碗,这已成为一个习惯。受长辈的影响,这个家庭的成员热心慈善事业,积极参加公益活动。

　　一个幸福、美满的家庭,犹如沙漠中的一泓清泉,涌动着爱的温暖,涤荡着人性的光辉,科学教子的贺俊花家庭就是这样一个尚学、崇善之家。

| 媒体聚焦 |

全月秋家庭：
小家大爱的"最美"情怀

中国妇女报　2017年2月24日　（记者　徐旭　李关　张新源）

"我真没想到还能受到习近平总书记接见！"虽然已过去许多天，但说起赴京领奖，军嫂全月秋还是难掩一脸的激动与幸福。

2016年12月12日，对靳多琳、全月秋这个普通的军人之家来说是难忘的一天。他们获得的首届"全国文明家庭"称号，给这个军人家庭带来了莫大的荣耀。

"感动军营——空军模范幸福家庭""情系国防——最美家庭""全国五好文明家庭""全国最美家庭""全国文明家庭"……走进这个三口之家，屋子虽然不大，但壁柜上一个个摆放整齐的荣誉奖牌特别显眼，在诉说着这个家庭的"最美"故事……

"没有妻子的支持和付出，就没有今天的我。"这是靳多琳经常挂在嘴边的一句话。

靳多琳是95596部队直升机大队的特设技师，1990年参军入伍，扎根基层26年，多次立功，两次荣获"全军士官优秀人才奖一等奖"，被评为第三届"空军十大杰出青年""全军优秀士官"，被授予"空军航空机务人员金质荣誉奖章",从一名只有初中文化水平的战士,成长为部队名副其实的"兵王"。

全月秋是部队驻地一名小学英语老师。1999年的那个夏天,他们举行了简单的婚礼,在全月秋任教的乡村学校一个不到20平方米的小屋内,他们安下了一个温馨的小家。

2006年7月,全月秋接到靳多琳的电话,说是要外出执行任务,然后一个月杳无音信。全月秋慌了神,正准备去部队打听消息时,靳多琳却突然风尘仆仆地出现在全月秋的面前。

当全月秋知道,靳多琳主动要求参与执行一项秘密飞行风险试验保障任务,上级要求与外界隔绝联系,甚至还要签下"生死状"时,她明白了军人眼中"一家不圆万家圆""舍小家为大家"的真正含义。

靳多琳出生在甘肃西部一个偏远的小山村,参军入伍后一直很少回家,家中已年逾七十的母亲一直是他的牵挂。细心的全月秋看出了靳多琳的心事,主动把婆婆接到家里,当亲妈一样对待。2005年年底,婆婆得了重病,大小便失禁,全月秋每天给婆婆擦洗、上药,精心服侍,从没有半句怨言。加之女儿靳双馨的出生,照顾老人、抚养孩子,家庭重担全落在了全月秋柔弱的肩膀上,但她从未跟靳多琳抱怨过。

2012年,全月秋主动要求参加优秀教师下乡支教活动。在农村支教期间,全月秋对农村"留守生""单亲生""学困生""问题生"倾注大量心血,与当地村民和学生结下了深厚的友谊,当地村民亲切地称她为留守儿童的"爱心妈妈"。

"哪家婚姻有问题上门拉拉家常,哪家'军娃'功课不好帮忙辅导,哪家电器坏了帮忙修一修,他们一家子在部队都是出了名的'热心肠'。"军嫂陈小艳这样评价全月秋一家。

"爱心妈妈""最美军嫂""义务辅导员"……建好"小家"服务"大家",温暖别人也照亮自己。这么多年来别人给了全月秋很多美丽的称呼,无论是哪一个,她都觉得心里甜甜的。

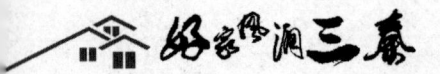

西安市碑林区李麦玲家庭：
世谱载家训　美德承家风

人民日报　2017年5月31日

"大伯将《毛氏世谱》用红布包起来，锁在檀木盒里。"谈起这本厚重的家谱，80岁的毛祥吉陷入回忆：后来，大伯病重时，用颤抖的手将世谱从盒中取出，交给毛祥吉，嘱咐他担负起传承毛氏家训的责任。

如今，孝老敬亲、和睦相邻、忠厚豁达、克俭奉公……这些《毛氏世谱》里记载的话语如钟声一样在子孙后代中传播。

"良好的家风让毛氏家族永续幸福。"毛祥吉的儿媳妇、在陕西省国税局工作的李麦玲说，"家训"中的每一条，他们在平时的生活中都严格遵循，逐渐成为家族成员骨子里的"基因"。

《毛氏世谱》最早修订于清朝同治七年（1868），后根据时代变迁，又进行过两次修订，现存的第三版世谱，既是一部百年家族史，更是毛家先辈的美德史。

18岁的毛正立，是李麦玲家的独生子，从爷爷那听了毛家先辈恪守家训的故事，颇为自豪："那是中国社会动乱不堪的年代，毛家一支迁入陕西扎根后，山东同乡的毛家人落难到此。彼时的庄基地，是还在忍受饥饿之苦的农民家中最宝贵的财产，为了让同乡人不再受奔波之苦，先辈将自己的一院庄基地分给并不熟悉的家乡人。"时至今日，每当家族中的亲人出现经济矛盾时，毛祥吉老人总是用先辈的故事警示后人。

在先辈们的影响下，毛家人没有妯娌之嫌，不分你我之属。世谱嘱咐后人"敬老为大贤，对体弱多病的老人更应尽心照顾，使其安度晚年。"毛家人将这种孝敬推己及"亲"，"几年前，我的父亲得了重病，毛家兄妹在得知消息后，连夜驱车赶往距离西安来回8小时路程的汉中，为我父亲寻医问药。"李麦玲说，"能成为毛家一员，我是幸福的。"

世谱家训第十条明列："在政府机关供职者，要洁身自律，勤政为民，廉洁奉公，尽职尽责。"

2003年，李麦玲赴800千米外的榆林市国税局挂职锻炼，临行前婆婆告诉她："家里的一切尽可以放心，只管干好工作，但千万不要拿人家东西。"这句话让李麦玲记忆犹新。

税务工作常常处在各种利益交织的矛盾点，但李麦玲始终在工作中严格要求自己。妹妹开办了养鸡场，因经营不善陷入困境，几次请李麦玲在单位争取些优惠资金，李麦玲却说："我会为你介绍合乎规定的优惠资金办理办法，但如果你的情况不符，我不会去办……"

少成若天性，习惯如自然。李麦玲说，公婆与人为善、宽容他人，耳濡目染地成全了她；她和爱人又言传身教地影响着儿子。五口之家20年来朝夕相处、互爱互谅，使家成为老人颐养天年的"安乐窝"、爱人干好工作的"千斤顶"、儿子阳光性格的"养成域"。

即将高考的毛正立对家风也有自己的看法："社会主义核心价值观就像整个中国的'家训'。我们的家训传承了毛家人的优良传统，国家的'家训'更是浓缩了整个中华民族的美德。"

富时不俭贫时悔，见时不学用时悔；醉后失言醒时悔，健不保养病时悔。
——党家村门庭家训

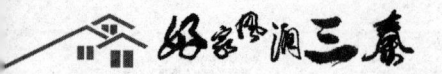

陕西李麦玲家庭：
百年《毛氏世谱》 传承清正家风

光明日报　2017年5月30日　（记者　任欢）

在陕西省西安市碑林区李麦玲的家中，珍藏着一本《毛氏世谱》，其中载有"家训十则"，要求家里人必须孝老敬亲、夫妻恩爱、严管子女、勤俭持家、和睦乡邻。对于李麦玲一家人来说，"家训"中的每一条，都要严格遵循，尤其对第十条"在政府机关供职者，要洁身自律，勤政为民，廉洁奉公，尽职尽责"，更要铭记于心。

《毛氏世谱》最早修订于清朝同治七年（1868），1997年进行第三次修订。新修订的家谱，更符合社会主义核心价值观的要求，在规定后世子孙的处事原则、做人原则的同时，也规定了子孙与朋友相处、与其他人相处的心态、原则和方法。

李麦玲和丈夫毛杰都在税务部门工作，公公毛祥吉和婆婆邹雪云常常用家训教育和提醒他们"办公道事、做清白人"。他们的儿子名叫毛正立，是公公起的名字，希望他能像祖辈、父辈一样堂堂正正、清清白白做人。公公婆婆的家教很严，公公退休前是一位农艺师，在乡镇工作，他常说，不管世事如何变幻，家风不能丢，祖训不能忘。婆婆退休前担任小学校长，

尊师而重道，爱众而亲仁。——《增广贤文》

| 媒体聚焦 |

教书育人一辈子,她常以世谱为训,用最朴实的言语教育子女。丈夫兄弟三个各自结婚后,公公婆婆更是把家风传承当作使命,每逢家中晚辈结婚成家、新生命诞生、考取学业或者工作职务变动等关键时刻,便拿出世谱,提醒教育他们。

公公婆婆的叮嘱,祖训家规的训诫,李麦玲夫妻始终牢记于心。税务工作处在各种利益交织的矛盾点,平时亲朋好友所求事情也比较多,在工作中李麦玲夫妻严格要求自己,绝对不办违反原则的事。

"家训是一个家庭、一个家族精神的一种传承,它就像一只很特别的闹钟,有很强的警醒和提示作用。"李麦玲形容道,"在世谱的约束下,我们一家人坚持做到传承家风、遵循祖训、廉洁奉公、尽职尽责。我们觉得遵循祖训、传承家风是最大的孝道,也是最大的爱心。有了这份孝道和爱心,老人才能安心,我们这个家才能顺心。"

行事要谨慎谦恭节俭择交友;存心要公平孝弟忠厚择邻居。
——党家村门庭家训

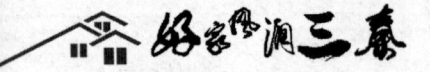

张水莉：
互敬互爱才能扬起家庭幸福的风帆

中国妇女报　2014年2月18日　（口述　张水莉　记者　党柏峰）

最美家语

只要你我心中多一分关爱和尊重，多一分宽容和理解，幸福就在我们身边！

世上总有这么一个地方，在狂风暴雨肆虐的时候给我们以庇护，在心灵疲惫的时候给我们以安慰。我们的身体和灵魂总需要这样一个供我们休憩的地方，这就是家。

步入婚姻的门槛，我也走进了一个新的生活，新的家。岁月的流逝，带走了许多年轻的岁月，也给了我无数幸福的感悟。这其中，最多的就是家的温暖。我们家是一个四世同堂的大家庭，15口人，虽然各自安家，但都靠近奶奶周围。生活有合有分，一家人开开心心，互敬互爱，你帮我助，其乐融融。

已经89岁高龄的奶奶，身体健康、思想先进、乐于助人、团结邻里，曾多次被推荐为县妇女代表。她特别疼爱孩子，经常按我们的口味做我们

友贵淡交，须从淡中交得去；人原难做，乃自难处做将来。
——党家村门庭家训

喜欢的饭菜，给我们讲做人的道理，很多时候跟我们开玩笑，在一起总是特别亲切。

公公曾在教育局工作，宽容谦让随和的性格让他在教育局是受人尊敬的前辈，在家是人人尊敬的长辈，在奶奶跟前，他又是特别孝顺的儿子。因为看到奶奶年事已高，却没坐过飞机，他就直接带奶奶双飞去美丽的海南待了一周，让奶奶在享受了美丽的南国风光之外，也圆了一个久远的梦。在生活中，他总是教育我们：要辛勤工作、要遵纪守法、要团结同事、要勤俭持家、要锻炼身体、要经常学习，力求做一个诚实守信、尊老爱幼、情趣高尚的人。婆婆性格直爽，勤劳能干，多年在家开办煤球厂，独当一面，曾多次被评为县"三八红旗手"。

每逢过年过节，家人们便都会从四面八方赶回来，聚在奶奶的周围，老老小小一家人，没有代沟、没有隔阂，开心的笑声更让四邻羡慕。亲情让我更爱这个家。

百年修得同船渡，千年修得共枕眠。我和老公都很珍惜这难得的缘分。从1998年步入婚姻的殿堂，到现在已经十年之多，可是我们对彼此一点儿都没有厌烦的感觉，这份爱反倒与日俱增。2008年，我在西安参加省级骨干教师培训，因为考虑到老公很忙，而公公婆婆又辅导不了孩子的功课，正犹豫时，老公坚决支持我："走吧，机会难得，孩子有我呢。"

为了不让父母太劳累，他既忙工作，又忙着给孩子辅导功课，等我学习回来，发现他瘦了整整一圈。看到我满怀歉疚，老公却笑着说："这是一个多好的锻炼机会呀！而且，你看女儿在我的教育下长进了不少呢。"

父母是孩子最好的榜样，孩子是父母的影子。因为有着长辈们爱的付出，

无益之书勿读，无益之话勿说，无益之事勿为，无益之人勿亲。
——党家村门庭家训

好家风润三秦

有着我们爱的教育，小小的女儿在我们共同创造的爱的氛围中快乐成长，不仅学习成绩优秀，多才多艺，更重要的是有颗感恩的心。

　　生活是船，和谐是帆，生活中多一分理解，就多一分开心；多一分和谐，就多一分成功。家和万事兴，是我们这个家庭的最好写照。

　　家是船，我们是帆，互敬互爱，同舟共济，一定会驶向幸福美好的明天！

志欲光前，惟一诗书为先务；心存裕后，莫如勤俭作家风。
　　　　　　　　——党家村门庭家训

| 媒体聚焦 |

刘先蕊：
23年坚守承诺伴夕阳

中国妇女报　2014年3月25日　（记者　党柏峰）

刘先蕊是西安市临潼区相桥街办相桥村西北组一个普通的农家妇女。23年前，30多岁的她通过经营运输业，积累了10万元的财富，成为远近闻名的"女能人"；23年后，50多岁的她几乎"踢踏完"（花光）了所有的家业，就连自家的房屋和庄基地也抵押给了银行，至今也无力收回，自己也由一个俊俏能干的巧媳妇，熬成了年近花甲的老太婆。但在众人眼里，她们全家却是全县有名的"五好之家"，更让人们对她增添了一份敬仰之情。

"我是共产党员，既然接手了敬老院，就不会让一位老人受难场、无尊严。"23年来，刘先蕊就为了这一句承诺，带领全家坚守，纵然耗尽家财，也无怨无悔。为了让无儿无女的103位孤寡老人，生有照顾、死有尊严地安享晚年，23年来，刘先蕊一家人甘守清贫，他们默默无闻的坚守和大爱，使"硕果仅存"的相桥敬老院成为临潼唯一的公办敬老院，也成为临潼百余名孤寡"五保户"老人最为舒心的"幸福末站"。

祖籍山东菏泽的刘先蕊，秉承了山东人特有的性格特点：性格爽朗、能吃苦、待人实诚。她的爱人名字很威武，叫尚铁马，人却是一个言语不多、

敬于父母则孝顺，敬于夫妇则肃和，敬于兄弟则友爱，敬于朋友则丽益，敬于童婢则从令。——清·陈确《书示仲儿》

只知道干活的老实人。从接手敬老院到现在的 20 多年里，尚铁马对妻子一如既往地支持，种菜、拾柴、拉大粪等脏活累活都抢着干，23 年来没有拿过一分钱的补助，却无怨无悔地为敬老院的事业奉献了所有的精力。

刘先蕊的儿子尚永志是一个身强力壮、有文化的青年，会开各种农业机械，却也放弃了各种发家致富的机会进入敬老院干保卫、当电工、烧锅炉，出外采购物品，接送院民，没有工资，却毫无怨言。

"我嫁到尚家是顶着很大的社会压力，连婚房也安在敬老院。而婆婆在我坐月子期间，也从未伺候过一天，一门心思地扑在那些老人身上。"儿媳妇卢娟娟说，她自己经常在想，婆婆不爱他们，不爱这个家，甚至不爱孙子，但她为什么会爱这些素昧平生的老人？看着她为老人们忙得筋疲力尽，看着她对老人们无微不至地关怀，看着她日渐衰老的身体和无言的付出，卢娟娟慢慢地明白了婆婆，感到了婆婆内心的那种大爱。如今，她非但没有怨言，反而在婆婆的感召下，对敬老事业由刚开始的排斥到接受再到热爱，在没有一分钱工资的情况下，一干就是 11 年，如今已是刘先蕊最得力的助手和接班人。两个小孙女在大人的教育和熏陶下，懂礼貌、敬老人，在学校是品学兼优的学生，在敬老院是爷爷奶奶们的开心果。

和煦的春日阳光下，一群老人脸上有了一丝丝慵懒的幸福。二十三年如一日，刘先蕊一家人坚守着昔日的承诺，坚守着这个夕阳事业，用实际行动诠释着大爱无疆。

| 媒体聚焦 |

王毅：
不求财富有多少 只愿一屋笑声扬

中国妇女报　2016年2月15日　（记者　党柏峰）

　　我的故乡地处渭北高原，与陕北接壤，因一条静静的小河而得名为白水县，古称彭衙。我的家乡是国家级贫困县，但其历史悠久，文化底蕴厚重。仓颉造字、杜康造酒、雷公造瓷、蔡伦造纸，"四圣"文明源远流长，尤其是根植于厚重传统文化的家教家风，堪称县域文化的至宝和县域文明的基石。

　　或崇德向善，或仁爱报国，或诚实守信，或宽厚和睦，或尊老爱幼。据陕西省白水县委常委、宣传部部长隋晓会向《中国妇女报》记者介绍，自2014年开始，白水县委、县政府就注重挖掘全县家教家风文化内涵，将其作为培育和践行社会主义核心价值观的有效载体。截至目前，全县通过基层评选出以普通农民为主体的1147户好家庭，103户典型，其中70岁以上的占60%。他们平实的家教故事，无不令讲者动情，听者动容。德高望重的退休老干部王毅家庭就是一个缩影。

　　天空湛蓝，年味十足。在县城环城路一处居民院中，我们找到了年已80岁的王毅老人。整洁朴素的客厅里，绿植盎然，四壁书香。执教23年，

勤俭治家之本，和顺齐家之本，谨慎保家之本，诗书起家之本，忠孝传家之本。——清·金缨《格言联璧》

从政 12 年，从事关工委工作 18 年，精神矍铄的王毅动情地向中国妇女报记者讲述自己的治家之道。

"这是公共财物，不能拿。"王毅至今清晰地记得父亲的一言一行，"那是'文革'时期，父亲被遣返农村。从单位搬家时，我顺手将一把斧头放到行李中，他发现后立刻拿了出来。"在他印象中，父亲虽是个民主人士，但是律己意识极强，一生做事严谨、做人清白。落实政策后，父亲将没收家产返还折成的现金，一分不留，全部捐给了村上建学校。

贤妻良母，与人为善，是王毅对母亲一生的评价。"我的母亲是个目不识丁的小脚女人，但是她睦邻友善，乐善好施，利用略懂医学的特长义务帮助贫困群众，对我们这些子女影响颇深。"王毅家本来就有六个子女，日子过得不甚宽裕。"但是亲戚谁家的孩子没有了娘，母亲依然收养。她一生收养了三个女儿。"

王毅老家有一个陋俗，出嫁的姑娘不能在娘家过大年。有一年除夕前夕，本村一个出嫁女身怀六甲，即将临盆，娘家人拒绝其将孩子生在娘家。帮忙接生的王毅母亲看到这情景，二话没说，硬是不顾众人反对，将娘俩接到自己家伺候了一个月。"在我们子女眼中，这是母亲在无声地向旧礼教习俗开战。"

"要盼你能给别人，不要盼别人给你。"婆婆的这句口头禅，至今让 78 岁的张亚萍不住地抹眼泪。"我从小缺少母爱，婆婆对我这个儿媳和女儿别无两样。有一次，我自己在地里干活，婆婆蹒跚地来到地头送水，喝了一口，竟然是白糖水。"

"我们这个家庭就是一个'统战部'，我是'统战部长'，两个儿子是'党员'，两个女儿是'民主人士'，老伴是'党外人士'。儿媳妇和孙子们都是'政协委员'，和睦相处、共同发展是我们的家庭原则。"

有财无义，惟家之殃。——《古今图书集成·家范典》

| 媒体聚焦 |

治家如治国，无论是做教师，还是当教育局长、副县长、县政协主席，王毅始终秉承父母立家之本：做人磊落，与人为善。

"领导多少人，就要容得下多少人的个性。"人是单位和社会的一分子，更是家庭的一员，一定要加强自身修养，善于化解矛盾。

言及为官之道，王毅深有感触地说："人品最值钱，为官做人，首先自己要尊重自己的人格，凡是行贿的人都是对你不尊重，没有人情可言。"

"儿女幼小时，重引导；儿女工作时，重商量；儿女成人后，重融洽。"对于子女的教育，王毅有着自己的一套理论：依法治国，以情治家；动之以情，晓之以理；导之以行，直至以恒；寓情以礼，化解矛盾。

"子女的电话是我们老两口最好的音乐。"今年八十大寿，王毅告诫子女，国家有规矩，该咋过，就咋过。单位上班的坚决不能回来，打个电话就行。这就是一个退休老干部的情怀。

"卧室大小三尺床，粗茶淡饭半斤粮。不求财富有多少，只愿一屋笑声扬。"

家庭和睦才是老人的长寿良药。这是王毅夫妇的理家心得，亦是国家和民族复兴之根本。

休存猜忌之心，休听离间之语，休作生分之事，休专公共之利。
——《古今图书集成·家范典》

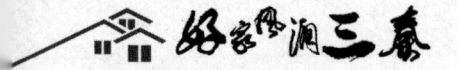

寄情折翼天使 无悔特教人生

——记陕西渭南市曙光特殊教育学校校长 张小侠

中国妇女报　2015年4月15日　　（记者　王慧莹　党柏峰）

"张老师，爸爸周五来接吗？"张小侠办公室里突然响起了一个声音，一个10多岁的男孩站在张小侠办公室门口说道。"来接。"张小侠微笑地回答孩子的问题。听到答案的孩子默默地回到了教室。不到十分钟，"爸爸周五来接吗？"小男孩又站在门口说道。

每天，这一幕出现在张小侠办公室不下10次。每一次，张小侠都耐心地回答孩子的问题。张小侠告诉记者，孩子有自闭症，最担心的是爸爸周五不来接他。

张小侠是陕西省渭南市临渭区曙光特殊教育学校的校长，她的80个学生中有的听力残疾，有的言语残疾，有的肢体残疾，有的智力障碍……因为身体有缺陷，他们被忽视或被歧视，但张小侠像天使一样，默默地守护着他们。他们可能不懂得"天使"的含义，但他们给家长和老师们的感觉是：自己离不开张小侠老师。

爱心播撒默默坚守

张小侠出生在一个贫穷的农村家庭，因一个姐姐是聋哑人，她从小就对聋哑人有着特殊的感情。高中毕业后的张小侠,凭着篮球特长被西安一所学校录取。一个特殊的机会,她接触到一个患有语言和听力障碍的小男孩,为了能照顾好这个孩子,张小侠吃住都和他在一起。

但是,男孩所在的聋哑学校没多久就停办了。不忍心看着孩子无人照顾,张小侠在家长的支持下,成立了渭南曙光特殊教育学校。

24个残障儿童,每天24小时在学校,两个老师,这就是最初所谓的学校。万事开头难,但张小侠接下来要面对的困难很难想象。每天早上,5点多就起床的张小侠,首先要做的事就是照顾24名孩子,为他们穿衣洗脸刷牙,年龄小的孩子连吃饭都得张小侠亲自喂。忙完这一切的张小侠又得继续为孩子上课,在下课后还得为孩子们洗衣做饭,晚上为孩子洗澡,照顾孩子睡觉。

一天下来,张小侠有时候忙得连一口水都喝不上,有时候实在太困,她就只能在办公桌上稍微趴一会儿。

张小侠说:"我们一起的同学朋友都说我吃亏了,但是我不觉得,我觉得吃亏是福,吃亏给了我第二次生命。"

张小侠的"吃亏"也给了孩子们第二次生命!这在若干年后的今天,记者从当年的孩子融入社会的自如和家长脸上发自内心的谢意中看得更为真切。

为孩子,愿意卖器官

小华是一个有妄想症的孩子,初来学校,脾气暴躁,总是活在自己的幻想世界里,总是哭。在其他学校拒收的情况下,家长把他送到了张小侠的学校。"老师,仙女在天上飞,她在飞……"每天晚上小华总是以为动

家弗和,防邻欺;邻弗和,防外欺。——清·范寅《越谚》

画片的情节是真的。"老师,仙女来找我了……"每次沉浸在自己世界的小华都让其他老师束手无策,晚上经常大哭,哭声一直持续到半夜一两点。为了安抚小华,张小侠只能每天晚上在宿舍陪伴着他。"用他的思维和他聊天,最重要的是要有耐心慢慢了解他的世界。"张小侠说,他哭的时候,你就要抱着他轻轻抚摸他的背部,用肢体语言表达你的爱。"

就这样,张小侠用14个晚上的陪伴,换来了小华的理解。"张老师,你太累了,去睡觉吧,我不哭了。"听完这句话,张小侠流下了眼泪。

在曙光特殊教育学校里,孩子们大多数来自渭南市周边的农村,很多孩子家庭条件不是很好。当张小侠发现很多孩子有残余听力时,想让家长给孩子配个助听器,却遭到了家长们的拒绝。

张小侠不想放弃让孩子们能听见声音的机会,她偷偷跑去北京了解助听器,当得知有一种助听设备最多能同时让16个孩子听见声音时,张小侠动心了。

可一台机器2万多元的费用从何而来?家长又没钱,此时的张小侠想到了贷款。凑齐资金后,张小侠买回了机器。在最高兴的时刻,张小侠不幸被查出患有胸椎骨髓内肿瘤。可面对突如其来的病情,张小侠最先想到的是:孩子们怎么办?

"死也要死在学校。"当时,面对手术的风险,张小侠拒绝手术,她不怕死,但是怕死后无人照顾孩子。在学生家长和家人的强烈劝阻下,张小侠最后接受了手术。在上手术台前,张小侠写道:"如果我真的不行了,我希望把我身上的器官卖了,用这些钱,为孩子们建一所更加正规的特教学校。"

2000年,患有胸椎骨髓内肿瘤的张小侠接受了手术,术后却下肢瘫痪,行动十分不便,但她还是坚持每天为学校80多名学生来回奔波。

残疾孩子一样有人爱

每年的"六一"儿童节,是孩子们最期盼的节日。可对于这群特殊的孩子来说,却有着不愉快的记忆。因为他们的父母害怕别人对他们的指手画脚,从不带他们去游乐场。

"我不管别人的看法。"张小侠说。为了圆学生们想去游乐园的梦,张小侠毅然决然地带着孩子们去公园。张小侠自掏腰包,带着孩子们玩滑梯、旋转木马、碰碰车……

张小侠最希望看到社会能接受这些特殊的孩子,不要给予他们歧视的眼光。

小静是一名聋哑学生,17岁不幸被查出患有心脏病,医生告知过了18岁后就不能做手术了。手术费需要6万元,可小静家又特别穷,张小侠告诉小静:"没事,我们会一起帮你。"

可小静的一句话深深地刺痛了张小侠的心。"老师,人家都是会管健全的人,不会救我们残疾人。"因为这句话,张小侠下决心一定要凑齐钱,她要告诉孩子们,残疾孩子一样有人爱。

随后,张小侠硬着头皮跑到企业、机关单位,希望能有好心人或者企业对小静伸出援助之手。当她来到渭南市妇联说明了小静的情况后,负责接待她的工作人员立马帮忙联系了慈善机构。

回到学校后,张小侠自豪地告诉孩子们:"你们说得都不对,人家不会因为你是残疾人就不管你。我今天去了,人家愿意帮助你。"

小静成功地进行了手术,20岁的她如今留在学校帮张小侠看管孩子。

"银行、超市、医院……"出去后,不管别人的眼光,每到一处,张小侠都教孩子们这个地方是干什么的,不管孩子吐字清不清楚,张小侠都要求孩子大胆地讲出来。"原来到商店,孩子一碰触东西,老板就生气,慢慢地，老板会主动说，没事，让孩子慢慢挑。"说起外人对待孩子的这些变化，让张小侠觉得家长更应该改变对孩子的态度。

学校成立之初，每次家长会前，张小侠都会教孩子排节目，教他们设计服装、画画……而这时孩子却说："张老师，我们的爸妈不会来的。"哀伤的语气中透出的是孩子们深深的自卑心理。"家长来了都不知道孩子上几年级，坐在一起都是低着头，不知道孩子会干吗。"张小侠说。

在孩子表演的时候，张小侠告诉家长："抬起你的头，看看你的孩子，他不是你的负担，而是你的荣耀。"看到自己孩子的作品和表演后，很多家长都泣不成声。在一年一年的变化中，如今家长们都会和孩子一起开开心心地照相，会特别高兴地说："这是我孩子画的画""这是我孩子绣的十字绣"……

身残心不残，张小侠总是告诉孩子们：努力做好自己能干的事情，没有人会瞧不起你。

20多年来，张小侠以爱心、耐心、细心和坚忍，日复一日，年复一年，守候在这些特殊的孩子身旁，教他们吃饭穿衣，训练他们的自理能力；教他们说话表达，纠正他们的语言，使他们学会与人沟通和交流；不厌其烦地一遍遍教他们学会实用的知识和职业本领，引领他们回归社会……

"乘法口诀他们也都会，还有孩子会画画，会跳舞……"张小侠说起孩子们的事情时，总是特别开心。走在学校的走廊里，68幅出自两个孩子之手的墙画吸引了记者的目光：有卡通人物、有专为《弟子规》而画的配图，让人眼前一亮。

张小侠内心非常坚定地认为，这群折翼天使一定能活出自己的一片天

| 媒体聚焦 |

地。如今,已经有160多名孩子从这所特殊学校毕业,掌握了一技之长,有8名学生在陕西省美术学院深造,有2名学生被北京残疾人艺术团录取,有2名学生被上海残奥中心录取。而这些成就,都离不开张小侠,是她用耐心、爱心和细心守护残障孩子们成长,给孩子们的未来撑起了一片天地。

虽然没有"桃李满天下"的成就感,但是这些残疾学生的每次进步,都给了张小侠莫大的满足。孩子们的点滴成绩,亦是对自己付出的最高褒奖与肯定。

点滴,20多年始终为点滴而为,不改初衷。这就是折翼天使离不开的天使——张小侠!

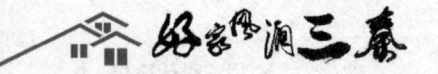

大爱，让藏区困境儿童心中飘起一面国旗

中国妇女报　2015年7月14日　（记者　党柏峰　宋利彩）

玉树曲麻莱县措池村地处青藏高原腹地，是三江源自然保护区重要水源涵养地之一。这里的然仓寺有个"80后"活佛尕玛周扎，除正常的寺庙管理和宗教活动外，他竭尽所能收养了21名藏区困难儿童，利用村民遗弃屋舍办了一个小学堂，教他们知识和做人的道理。

近日，延安市妇联和爱心企业家仙鹤岭公墓有限公司总经理成媛媛等一行来到了海拔4300多米的措池村，来到21名孩子的身边。

21个孩子的学校梦

海拔4300多米的措池村，人们依然过着逐水草而居的游牧生活。

2011年，时年22岁的尕玛周扎来到了然仓寺。然而，他看到的却是措池村学校的教育日渐滑坡，学校从最初的有200多名学生，减少到当时的几十名，而且，教学水平基本停留在小学三年级。

"有的是孤儿，有的是父母离婚了，有的家庭条件虽然还行，但父母没有文化，对孩子的教育无能为力。"尕玛周扎说，"那个时候，我就想为这些孩子建一所学校。"

兄须爱其弟，弟必恭其兄。勿以纤毫利，伤此骨肉情。
——《古今图书集成·家范典》

于是，从四年前开始，尕玛周扎开始在然仓寺收养周边的孤儿或者单亲、困难家庭的孩子，并从佛学院请来了自己的同学当老师，教授孩子们学习藏文等文化知识。

"我们的教育注重对孩子德行的教育，即慈悲心的培养，这样，他们会成为一个对社会、对他人有帮助的人。"尕玛周扎说，随着然仓寺学校的名声越来越好，一些家长主动把孩子送到了然仓寺，至今共有21名孩子在然仓寺学校学习。他们中，年纪最小的7岁，最大的15岁。

在这里，孩子们的吃、住全部由寺庙免费提供，而寺庙里所有的生活物资，都由遥远的格尔木运上来。记者在这里看到的情景是，21个孩子挤在面积仅十几平方米的破旧低矮的教室里学习藏文，宿舍也只是在地上铺了一层毡毯。

然而，即使在这样艰难的条件下，然仓寺的孩子们还定期到周边捡拾垃圾，保护那里的生态环境。

"现在仍然有村民想把孩子送来这里学习，但我已经暂停了这项工作，因为孩子再多就真的没有地方住了。"尕玛周扎说，"建一所真正的学校，是这里所有孩子的梦想。"

"援之手学堂"圆梦高原

2014年10月，在千里之外，成媛媛通过志丹县保安中学美术老师、铅笔画家王芳芳的微信，了解到为了给孩子们一间像样的学堂，年轻的活佛四处活动、筹措资金的消息，她决定利用自己的"援之手"项目，捐出20万元为这些藏族孩子建一所学校。

早在2005年，从事殡葬行业的成媛媛就发起成立了"援之手"爱心项目，以帮扶留守儿童、服刑人员子女、贫困女大学生等弱势群体。十年来，她帮扶了很多贫困孩子，让他们感受到来自社会的关爱和温暖，帮助他们建立健全的人格。"拿出钱盖一座学校很简单,但做公益,重要的是心的交流,让孩子们真正感受到来自社会的温暖和关爱。"成媛媛放下了繁忙的工作,克服了身体的不适,和延安市妇联相关同志一起来看这些孩子们。

除了建造"援之手学堂"所需要的资金,延安市妇联还代表老区妇女姐妹给孩子们带来御寒的棉帽、棉手套、袜子、防冻膏、巧克力糖果等礼物。

大部分孩子不会讲汉语,也听不懂汉语,但从彼此的眼睛和笑容里,大家都感受到了一份信任和爱意。

当听说孩子们不愿意离开然仓寺,是担心没有人保护长江源时,成媛媛动情地说:"孩子们这么小就知道感恩,让我们这些大人都感到惭愧,而这也正是我们的社会所缺少的。"

"其实,我们帮助他们,也是帮助我们自己。"

志愿支教为孩子们打开艺术殿堂

"如果感到幸福你就拍拍手,如果感到幸福你就拍拍手……"然仓寺狭小的教室里,传出了21名藏族孩子幸福的歌声和有节奏的打拍子声。教孩子们唱《幸福拍手歌》的,正是成媛媛的女儿,西安音乐学院声乐表演系大三学生彭尚。

而接下来的一周时间里,来自延安市志丹县保安中学的美术老师王芳芳,和来自广州南华工商学院的教师冯圣瑛两位志愿者,也将分别为孩子们教授美术课和汉语课。

其实早在去年,王芳芳就在然仓寺的学校进行了为期一周的志愿支教。在一周的时间里,她从教孩子认识颜色开始,帮孩子们用画画表达内心的感情和对世界的认知。

"即使他们只能画一些单调的线条和形状,也是孩子们表达内心的途径,我也会热情地鼓励他们。从他们对我的依赖中可以知道,他们喜欢美术,

广积聚者,遗子孙以祸害;多声色者,残性命以斤斧。
——宋·林逋《省心录》

需要美术。"王芳芳说，这也是她此次跟随成媛媛一行再赴然仓寺的原因。

"学习汉语能帮助孩子们克服和外界交流的障碍，而给孩子们上音乐和美术课，并不是要教给他们多少艺术技巧，而是教他们享受艺术和创造的过程，在他们的内心埋下艺术的种子，将来成为身心健康、人格健全的人。"王芳芳说。

"等我们的新学堂建好了，活佛说还会请老师教我们学汉语、英语和美术。我们希望学校能快点建好，这样老师们就不会走了。"14岁的才仁桑多是然仓寺里年纪比较大的孩子，他的眼神充满渴望。

在矮小的教室里，志愿者将一面鲜红的国旗铺展开来，孩子们依次用工整的藏文签下自己的名字。

传家两字曰读与耕，兴家两字曰俭与勤。——《古今图书集成·家范典》

附录

| 附录 |

儿子眼中的父亲

——回忆父亲陈忠实

陈海力

  我的老家西蒋村是白鹿原下的一个小村子，我的童年就在这里度过。那时的农村家家都差不多，都很贫穷。从五六岁开始记事起，父亲就一直是周一骑上自行车去上班，周末才会骑着自行车回来。而每次回来父亲的包里都会有一两个面包或者几根麻花，这些食品对于生活在20世纪70年代的农村孩子来说，无疑是最美味的食物，以至于后来每到周末的下午，我都会和姐姐去村口等父亲。其实那都是父亲用平日省吃俭用节约下来的钱买的。后来父亲回忆起这些，说他再难也不愿看到我们因为没有看到面包而失望的眼神。

  父亲一生都在苦苦地追寻他的文学梦想，但他从来没有因此而忽略了自己的家庭责任。父亲年轻的时候我们家里很贫穷，他甚至曾因为没钱交学费而休学一年，最终没能考上大学。没有进入高等学府深造也是父亲一生的遗憾，所以在对我们姐弟几个的教育上，他总是尽自己最大的努力来创造好的条件。1980年父亲调到灞桥区文化馆工作，他刚一安顿下来，就把在村里上小学的大姐转到了教学条件更好一些的灞桥镇上，而他一个人则一边忙单位的工作，一边追寻着自己的文学梦，一边还要照顾姐姐的生活起居。

父亲是一心想要我们都考上大学，但对我们的将来却从不做规划，甚至很少教育我们应该做什么、不应该做什么。现在想来，父亲这一生都在用自己的言行给我们诠释做人的道理。他就像一个麦田里的守望者，时刻用他那颗敏感而深沉的心观察着我们：只要不出格，你们就自由地成长。

在我的孩子即将上小学时，我希望父亲能给孩子写上一些寄语，结果一周之后，父亲写出了五个字："更上一层楼。"母亲看了还开玩笑地对父亲说："你这么大一个作家，憋了一周就想出这么一句平常的话来。"父亲只是嘿嘿地笑。其实我理解，父亲对他的孩子一贯如此，更不会对他小孙子的成长做出什么具体期望。

父亲一生恪守节俭，他从来都不会计较也不会关心什么名牌奢侈品，衣服只要穿着得体舒服就行，甚至还坚持着再旧的衣服只要没破就还继续穿的传统，这也就让很多人戏称父亲为"文坛老农"。但父亲有一个常年坚持的习惯，就是每天出门前都会把胡子刮得干干净净，把头发梳得整整齐齐，把自己收拾得精精神神，绝不允许自己看上去邋里邋遢。用父亲的话说，就是人可以穷困，但不能潦倒；衣着可以朴素，但不能窝囊。

父亲的学历只是高中毕业，之所以能有今天的成就，完全是凭着自己内心对文学的执着和骨子里的坚韧。父亲很少跟家里人说他在创作道路上遇到的困难和艰辛，一是怕家里人不理解，二是怕家里人为他担心，所以一直在默默地坚守着。《白鹿原》的出版不仅在社会上引起了强烈反响，也使我们家窘迫的生活也有了很大的改观，但父亲却几乎和之前没有变化，依然低调、沉稳、内敛，依然觉得最享受的时光就是一个人静静地看书。

父亲喜欢安静，也爱热闹，许多人都知道父亲是一位铁杆球迷，但凡西安有足球比赛，父亲都会去现场观看。但他从不愿意坐主席台，只是因为坐在主席台上太过拘束，他喜欢和球迷一起喊一起叫，一起手舞足蹈。父亲有许多朋友就是在看球的时候认识的。

父亲一直不会用电脑，也不懂上网，有时候我们在网上看到一些关于他的作品的评论文章，都会说给他听。评论有赞扬的也有批评的，他听完觉得说得不对，只是嘿嘿一笑，既不评论也不反驳；如果他觉得说得对，有道理的，都会要求我们把文章打印出来给他，自己再仔细阅读。

父亲的生活十分简单，甚至可以说是清苦的，在我们眼里，他和这个世界上所有普普通通慈祥和蔼的父亲没什么两样。但他的精神世界却是异常地饱满，对文学的执着早已溶入他的血液，即便是在被病痛折磨得最痛苦的时候，他都没有放下手中的书本。

父亲的病是去年4月份被确诊的。在与病魔抗争的一年里，他不忘初心、乐观平静，与闻讯前来探望的各级领导和各位文友谈笑风生。但是今年4月29日，病魔还是夺去了他的生命。令我们没有想到的是，父亲的离世，在陕西乃至全国竟然引起了极大的震动，从国家领导到省上领导，从亲戚朋友到普通读者，大家纷纷用各种方式表达了对父亲的敬意和哀悼。我想，如果父亲的在天之灵能感知到这一切，他一定会觉得欣慰的。

而我们作为家属，在感动的同时也诚惶诚恐，父亲留下的不仅仅是一部厚重的《白鹿原》以及众多的文学作品，更重要的是留下了独特的人格魅力和朴素的精神品质。我们将用一生的时间来学习和发扬，将这些宝贵的精神财富传承下去。

家

商子秦

【甲：父亲；乙：母亲；丙：老人；丁：孩子】

甲：在大千世界中，有这样一个字
　　凝聚着亲情和天伦
乙：在我们的生活中，有这样一个字
　　蕴含幸福和温馨
丙：在人生的长河中，有这样一个字
　　连接着思念和乡愁
丁：在新华字典中，有这样一个字
　　象征着呵护与亲人

甲：这个字，就是家
乙：就是你
丙：我
丁：他
齐：就是我们

不因群疑而阻独见，勿任己意而废人言。——《增广贤文》

| 附 录 |

甲：家，像雪夜中的一盆火

　　驱散心中的黑暗和寒冷

乙：家，像雨中的一把伞

　　撑起了一方晴朗和温暖

丙：家，像一棵郁郁葱葱的大树

　　枝繁叶茂，铺展绿荫

丁：家，像一个明亮的星座

　　星光闪耀，快乐欢欣

甲：我是父亲

　　我是家庭中的保护神

　　在我山一样的肩上

　　承担着沉甸甸的责任

　　为了家，我勤奋工作，努力打拼

乙：我是母亲

　　我是家庭中的女主人

　　在我水一样的情愫中

　　流淌着柔情和坚韧

　　为了家，我倾情孝老和敬亲

丙：我是老人

　　我是家庭中的"夕阳红"

　　在我记忆的年轮中

　　收藏着这个家的无数故事

　　后辈给我以爱戴和尊敬

志不强者智不达。——《墨子·修身》

我给孩子们慈祥和关心
丁：我是孩子
　　我是家庭中的未来和希望
　　在呵护和关怀中
　　幸福地成长
　　放飞希望，好梦成真

甲：家像人生的港湾
　　生命的航帆在这里停泊
　　重新抖擞精神
乙：家像明媚的春天
　　亲情化作暖心的春意
　　消融了生活的艰辛
丙：家像一坛醇香的老酒
　　陶醉了团聚和喜庆
　　增添了祥和与欢欣
丁：家像一个幸福大世界
　　无论春夏秋冬
　　绽放如花似锦
甲：优良的家风
　　在我们的家中传承
乙：诗书的芬芳
　　在我们的家中氤氲
丙：文明和道德

与肩挑贸易，毋占便宜；见贫苦亲邻，须加温恤。
——明·朱柏庐《治家格言》

　　　　在我们的家中弘扬
丁：社会主义核心价值观
　　　　把我们这个家庭指引

甲：家，不仅仅是一座房子
　　　　一个屋檐下生活的几个人
　　　　家庭是国家发展、民族进步
　　　　社会和谐的重要基点
　　　　家是"天下之本"
乙：家，不仅仅是一日三餐
　　　　是仅仅的温饱和生存
　　　　我们是社会的一个细胞
　　　　家和万事兴
　　　　家和天心顺
丙：家，不仅仅标志血缘的延续
　　　　同样的基因
　　　　家国情怀激荡在我们的胸襟
　　　　什么时候都不能忘记
　　　　我们是中华儿女，炎黄子孙
丁：家，不仅仅是眼前的一切
　　　　还有诗和远方
　　　　我们要传承家风，牢记家训
　　　　让我们的家明天更美好——
　　　　春满乾坤福满门

甲：我爱我家
　　就是不忘初心，承担起使命和责任
乙：我爱我家
　　就是深深地爱我们每一个人
丙：我爱我家
　　就是给社会增添一个健康的细胞
丁：我爱我家
　　就是祝福老人长寿，让父母放心
甲：让我们爱国爱家
乙：相亲相爱
丙：向上向善
丁：共建共享社会主义家庭文明新风尚
齐：拥抱更加灿烂的早晨！

附录

三八咏母

陈若星

母亲
今天是你的节日
是属于你自己的好日子
我
要用最美的心语赞美你
这不是言辞的虚饰
也不是饶舌的夸誉

无论在历史的长河
还是平凡的时日
每每见你
一心相夫谆谆教子
每每见你

不让须眉长剑清词

每每见你

织布纺麻磨面舂米

每每见你

红妆妖娆母仪邻里

是呀母亲你

几千年里的岁月长镜

映着你

无休无息

忙碌的身影

你有

数不清的名字

有时

你的名字

被浓缩成几个姓氏

曾记得

机杼旁

你于嗔怒中

剪断新布一匹

| 附录 |

你愤然的教诲之声

穿越过千秋的帷幕

高响至今

令逃学弃席的儿子惊惧

你循循善诱

育出天地亚圣

旷古灵气

斯时

你的名字

是穿山过岳的

孟母

你

祈祷天护中华

焚香研墨

在儿背刺出

精忠报国

督成

万古奇功

一代忠良

能师孟母三迁教，定卜燕山五桂芳。——《增广贤文》

斯时的你
是千古流芳的
岳母

你
是佘家巾帼
深通韬略
一身武艺
尽显杨门英雄豪情

你
作清词豪婉
留一代女中强音
世生清照
堪称一绝
令男儿无处下笔

世都巴黎
惟见你不畏旅苦
年近半百
捧西文勤说苦练
不让少年的英姿

读少则身暇，身暇则邪间，邪间则过恶作焉，忧患及之。
——明·吴麟徵《家诫要言》

| 附 录 |

成就多少国际传奇

斯时你是

葛健豪老夫人

培养了四位中共中央委员

湘乡美谈

流传至今

倭寇入侵

中原涂炭

长城浴血

神州狼烟

出生在燕山脚下密云县的

奇女子你

深明大义

破家救国

六位亲人把命捐

斯时你是

被习总书记点赞的

英雄母亲邓玉芬

白山黑水

林海雪原

你白马红衣
视死如归
痛击敌顽
血染英名
赵一曼

漫漫黄土坡
一片清凉山
你抚育着红军领袖的骨血
寒冬的夜晚
油灯下
你为亲如兄弟的战友
缝制大袄
夜不眠

沐浴着新中国的吉祥
勤劳苦干的汗水
洒在纺织机旁
你是毛泽东的工人
你是新时代的偶像
梦桃同志好榜样

| 附录 |

你们
不朽的英名
不胜枚举千千万

你们
华夏民族的母亲
举世的男儿
在你们辛勤的养育下
成就了一个个
顶天立地的汉子
中华民族的子子孙孙
这久远的血脉
依仗着你们的生命去延续
假如
父亲是苍天
那
母亲就是大地

母亲大地啊
无论战争再酷烈
劳作再艰辛
母亲

匿怨而用暗箭，祸延子孙。——明·朱柏庐《治家格言》

用不枯竭的乳汁
把我们滋润养育
用她温润的词语
华夏的母音
传达给我们
第一个人生的启迪
感谢母亲
深沉的母爱
终于凝聚
凝聚成一个个
绝不抽象的大爱

无论你身处天山
还是泳旅东海
无论你北国吟雪
还是椰林听雨
她都在不间断地爱着你

无论你是耄耋之人
还是黄口孺子
她不改初心
教你

| 附 录 |

呵护你
给你温暖

她
就是你的
祖国母亲
我们永远不是孤儿
因为
从古至今
我们都有母亲!

家庭礼仪

　　家庭礼仪是指夫妻和有血缘关系的人之间的礼仪，家庭礼仪是家庭和睦的保证，是社会和谐的基础。一般的家庭是三世同堂：祖辈、父辈和子辈。夫妻是家庭的核心，夫妻感情是家庭稳定、幸福与否的关键。

治家礼仪

家本国之基，家和国复兴。
长幼须有序，宽怀能包容。
小事不计较，大事多沟通。
勤俭持家好，戒奢钟长鸣。
感恩应谨记，报国必尽忠。
家风系国运，责重不可轻。

孝敬老人礼仪

长者应为尊，尊老善之性。
床前多问安，三餐细而精。

闲时多陪伴，心语暖三冬。
病时勤侍奉，真情赛药灵。
羊知跪乳恩，鸟重反哺情。
尊老即爱己，子孙效尔行。

夫妻相处礼仪

夫妻比翼鸟，贵在善经营。
彼此相关爱，信任第一宗。
未行先商定，尊重见平等。
远行报平安，归来倚门迎。
男子当尽责，遇事多宽容。
女子性温柔，体贴若春风。
创业相扶持，困难共担承。
岁月铸真意，相濡以沫中。

教育子女礼仪

子女祖国花，教子责任重。
方法要科学，真爱不娇纵。
一教要爱国，祖国最神圣。
二教要勤俭，节约最光荣。
三教能吃苦，意志磨炼成。
四教要勤奋，高峰敢攀登。
五教关爱人，尊长爱同龄。
六教遵法纪，弘德乐善行。

父子（母子）相处礼仪

父有成才愿，母有怜子情。
揠苗难助长，打骂枉费工。
若要乳燕飞，重在美心灵。
长者须守信，重诺不言空。
子女有意见，定当耐心听。
祈愿子遵循，父母当先行。
楷模力无穷，身教带雏鹰。
民主气氛浓，家风乐融融。

家庭成员礼仪

三代共一家，言语见文明。
批评要客观，切戒大而空。
赞扬有分寸，过头则虚荣。
聆听须虔诚，良言利于行。
敬语送温暖，谦辞入心旌。
长者应尊您，去心同辈称。
浪漫须典雅，严肃也轻松。
夫妻心相应，父子血脉凝。
心齐泰山移，家和万事兴。

咸阳市妇联供稿

后 记

家庭是社会的细胞，家风是社会风气的基础。中华民族历来重视家庭和家风，家庭和睦是中华民族的传统美德之一。

党的十八大以来，以习近平同志为核心的党中央对家庭和家风建设十分重视。习近平等党和国家领导人在同全国妇联新一届领导班子成员集体谈话时指出："注重发挥妇女在社会生活和家庭生活中的独特作用，注重发挥妇女在弘扬中华民族家庭美德、树立良好家风方面的独特作用。"习近平主席在2015年春节团拜会上讲道："不论时代发生多大变化，不论生活格局发生多大变化，我们都要重视家庭建设，注重家庭、注重家教、注重家风。"在会见第一届全国文明家庭代表时习近平总书记说："无论时代如何变化，无论经济社会如何发展，对一个社会来说，家庭的生活依托都不可替代，家庭的社会功能都不可替代，家庭的文明作用都不可替代。无论过去、现在还是将来，绝大多数人都生活在家庭之中。我们要重视家庭文明建设，努力使千千万万个家庭成为国家发展、民族进步、社会和谐的重要基点，成为人们梦想启航的地方。"

作为党和政府联系妇女群众的桥梁和纽带的妇联组织，近年来将家庭工作作为党交给妇联组织的重要任务来抓。自2014年开始，在全国妇联的部署下，各级妇联组织创新家庭文明建设形式，自下而上开展了寻找"最美家庭"活动，全国全省五好文明家庭（标兵）、文明家庭评选活动等，一大批"最美家庭""五好文明家庭（标兵）""文明家庭"等典型被挖掘和评树起来。为了让这些典型成为培育良好家风、加强社会主义精神文明建设、践行社会主义核心价值观的榜样和标杆，我们从近四年来陕西推荐和评树的全国、全省"文明家庭""五好文明家庭""最美家庭"的上千个典型中选取了40多个家庭作为代表，将他们的家庭故事编辑成册，取名为《好家风润三秦》，目的是用这些平凡家庭的朴实故事引导全社会千万个家庭见贤思齐、崇德向善，为传承中华民族家庭传统美德、以家庭美德和良好家风促成良好社会风气形成、培育和践行社会主义核心价值观，进而实现中华民族伟大复兴的中国梦聚集强大的正能量。

本书的编辑和出版得到了各级领导、有关单位和全省各级妇联组织的重视和支持，在此我们一并表示诚挚的感谢！

由于时间比较仓促，书中难免有疏漏和不妥之处，恳请同志们多提宝贵意见。

《好家风润三秦》编委会

2018年1月